THE QUEEN OF CRIME
繁體中文版
20 週年
紀念珍藏

高爾夫球場命案

阿嘉莎・克莉絲蒂——著
貝紋——譯

The Murder on the Links

Agatha Christie®

通俗是一種功力

吳念真（導演、作家）

通俗是一種功力。絕對自覺的通俗更是一種絕對的功力。

這樣的話從我這種俗氣的人的嘴巴說出來，大概很多人要笑破褲底了。不過，笑完之後請容我稍稍申訴。這申訴說得或許會比較長一點，以及，通俗一點。

小時候身材很爛，各種遊戲競爭完全任人宰割，唯一隱遁逃避的方法是躲起來看書或聽大人瞎掰。那年頭窮鄉僻壤的小孩能看的書不多，小學二年級時最喜歡的是超大本的《文壇》，老師借的。看著看著，某天老師發現我的造句竟出現：「捧著：朝陽捧著一臉笑顏為群山剪綵」這樣亂七八糟的文字，就拒絕再讓我看那些超齡的東西了。

老師的書不給看，我開始抓大人的書看。一種是厚得跟磚塊一樣的日文書，對我來說那完全是天書，但插圖好看，經常有限制級的素描。另一種書是比較薄的，通常藏得很嚴密，只是裡面有太多專有名詞、重複的單字和毫無限制的標點，比如「啊啊啊」、「……！！！」

老讓我百思不解。有一天，充滿求知欲地詢問大人竟然換來一巴掌後，那種閱讀的機會和樂趣也隨著消失了。

所幸這些閱讀的失落感，很快從大人的龍門陣中重新得到養分。講到這裡，我似乎先得跟一個村中長輩游條春先生致敬，並願他在天之靈安息。

我所成長的礦區，幾乎全是為著黃金而從四面八方擁至的冒險型人物，每人幾乎都有一段異於常人的傳奇故事。這些故事當事人說來未必精采，但一透過游條春先生的嘴巴重現，有時連當事人都聽得忘我，甚至涕泗縱橫，彷彿聽的是別人的故事。

條春伯沒當過日本兵，可是他可以綜合一堆台籍日本兵的遭遇，一如連續劇般從入伍、受訓、逃亡荒島，面對同鄉同袍的死亡，並取下他們的骨骸寄望帶回故鄉，乃至骨骸過多搞不清哪是誰的等等，讓聽的人完全隨他的敘述或悲或笑，彷彿跟他一起打了一場太平洋戰爭。此外他也可以把新聞事件說得讓一個三、四年級的小孩，到現在仍記得當時腦中被觸動的畫面。例如當年瑠公圳分屍案的凶手做案之後帶著小孩到安東街吃麵（這讓我一直以為台北的安東街是條專門賣麵的街道），還有甘迺迪總統被暗殺、賈桂琳抱住她先生、安全人員跳上飛快的車子保護賈桂琳……當然，這記憶全來自條春伯的嘴巴而不是報紙。我的記憶全是畫面，有畫面，是因為條春伯說得精采，說得有如親臨他至死都還搞不清地理位置的達拉斯命案現場。

於是這小孩長大後無條件地相信：通俗是一種功力，絕對自覺的通俗更是一種絕對的功力。透過那樣自覺的通俗傳播，即使連大字都不識一個的人，都能得到和高階閱讀者一樣的感動、快樂、共鳴，和所謂的知識、文化自然順暢的接軌。也許就是因為這些活生生的例子，俗氣的自己始終相信：講理念容易講故事難，講人人皆懂、皆能入迷的故事更難，而能隨時把這樣的故事講個不停的人，絕對值得立碑立傳。

條春伯嚴格地說是有自覺的轉述者，至於創作者，我的心目中有兩個。一個是日本導演山田洋次，一個是推理小說家阿嘉莎．克莉絲蒂。

山田洋次創造了寅次郎這個集合所有男人優點跟缺點的角色，在以《男人真命苦》為名的系列下，總共完成百部左右的電影。它們的敘述風格、開頭、結尾的方法不變，唯一改變的是故事，是時代，是遍歷日本小鄉小鎮的場景。數十年來，看《男人真命苦》幾已成為日本人每年的一種儀式，一如新春的神社參拜。

數十年前訪問過山田導演，他說，當他發現電影已然有它被期待的性格時，電影已經不是導演自己的。他說：當所有人都感動於美人魚的歌聲時，你願意為了讓她擁有跟你一樣的腳，而讓她失去人間少有的嗓音嗎？

人間少有的嗓音與動人的歌聲，都來自山田導演絕對自覺的通俗創造。

再如阿嘉莎．克莉絲蒂，如果我們光拿出她說過的故事和聽過她故事的人口數字，就足以嚇死你。五十多年的寫作生涯，她總共寫出六十六本長篇推理小說，外加一百多篇短篇小說和劇本。其中有二十六本推理小說被改編，拍了四十多部電影和電視劇集。作品被翻譯成一百零三種文字的版本，銷量超過二十億本。

夠了。你還想知道什麼？知道二十億本的意義是什麼嗎？二十億本的意義是全世界平均三個人就有一個人讀過她的書，聽過她說的故事。

說來巧合，她和山田洋次一樣，創造出個性鮮明的固定主角（當然，前前後後她弄出來好幾個），然後由他（或是她）帶引我們走進一個犯罪現場，追尋真正的罪犯。

故事就這樣？沒錯，應該說這是通常的架構。那你要我看什麼？不急，真的不急，克莉絲蒂會慢慢冒出一堆足夠讓你疑惑、驚嚇、意外，甚至滿足你的想像力、考驗你的耐心和智商的事件來。

推理小說不都是這樣嗎？你說得沒錯，大部分是這樣，不一樣的是……對了，她像條春伯，像山田洋次，她真會說，而且她用文字說。

文字的敘述可以讓全世界幾代的人「聽」得過癮、「聽」個不停，除了聖經，也許就是克莉絲蒂。她不是神，但她真的夠神。

數十年前，台灣剛剛出現她的推理系列中譯本，那時是我結婚前，常有同齡的文藝青年來我租住的地方借宿，瞄到我在看克莉絲蒂，表情詭異地說：「啊？你在看三毛促銷的這個喔？」

我只記得他抓了一本進廁所，清晨四點多，他敲開我的房門說：「幹，我實在很討厭那個白羅……再拿一本來看看，我跟你說真的，要不是你的書，我真的很想把那個矮儸壓到馬桶吃屎！」

我知道他毀了，愛吃又假客氣，撐著尊嚴騙自己。克莉絲蒂再度優雅地撕破一個高貴的知識份子的假面具，她的手法簡單，那手法叫通俗，絕對自覺的通俗，無以倫比、無法招架的功力。

昔日的文藝青年如今跟我一樣，已然老去，但不時還會看到他寫一些充滿理念和使命感極重的文章，在報紙和雜誌上出現。我知道他要說什麼，只是常常疑惑他想跟誰說；同樣，我記得他說過什麼，但轉眼間忘記他說了什麼。但請原諒我，幾十年前那個晚上，他在我家看完的那兩本克莉絲蒂的小說內容，我可還記得清清楚楚。

也許有一天再遇到他的時候，我會問他之後是否還看過克莉絲蒂其他的書，如果沒有，我會跟他說，想讀要趁早，因為你會老、會來不及。至於白羅那個矮儸，大概永遠不會消失。哦，對了，還有一個叫瑪波，你說不定會來不及認識……

老派偵探之必要

冬陽（推理評論人，台灣推理作家協會理事長）

「讀者非常喜歡白羅這個人物，表示『那個開朗的小個子，過氣的比利時名偵探』。顯然白羅是這本小說受歡迎的一個原因，雖然白羅可能不贊同用『過氣』二字來形容他。」知名編輯兼作家經紀人約翰．柯倫（John Curran）在《阿嘉莎．克莉絲蒂的秘密筆記》一書如是說，文中提到的「這本小說」，正是克莉絲蒂初試啼聲、名偵探赫丘勒．白羅優雅登場的《史岱爾莊謀殺案》，一部於一個世紀前出版的偵探推理作品。

百年光陰的淬鍊顯然證明了白羅絕無過氣的疲態，連帶讓我聯想起電影《金牌特務》（*Kingsman*）上映後，大眾熱議西裝如何能帥氣俊挺歷久不衰——或許可以從這個切入角度，在這裡跟老書迷、新讀友探究這個蛋頭翹鬍子偵探（我沒有影射哪款洋芋片食品喔）的魅力所在。

且讓我們話說從頭。

「我敢打賭你寫不出好的推理小說。」一九一六年，阿嘉莎．米勒（克莉絲蒂婚前的舊姓）在媽媽的打字機上敲擊，打算回應姊姊梅姬這挑釁的話語。她努力嘗試，但故事寫得不好，於是改從身旁熟悉的事物著手——比方說毒藥。阿嘉莎在藥房工作過，曾在某個夜裡驚醒，匆匆回到調劑室重新配置，因為她不記得有沒有漏做一個重要步驟，否則病患就要去見閻王了——噢，這似乎是個謀殺好點子。

阿嘉莎還記得姨婆對她的叮嚀：要注意他人覬覦她珍藏的首飾，時時留意是不是有人偷偷拉長了耳朵聽她們的竊竊私語。小阿嘉莎不但執行得徹底，還把這個習慣寫進小說裡。同時她還注意到，因為世界大戰爆發，家鄉托基湧入許多比利時難民，不如讓一個逃難到英國的比利時退休警官擔任偵探？一定很有趣！

啊，偵探小說顧名思義，只要塑造出一個教人印象深刻的偵探，大概就成功一半。這個人物必須要有特色、有個性，甚至是怪癖，而且聰明又自負。好幾個名字浮現在她腦海裡：莫里斯．盧布朗（Maurice Leblanc）筆下的怪盜紳士亞森．羅蘋、卡斯頓．勒胡（Gaston Leroux）創造的新聞記者胡爾達必，當然還有那最最知名的夏洛克．福爾摩斯——連帶創造一個華生型的助手好了。該怎麼安排呢……

於是，一位偵探的樣貌漸漸成形：五呎四吋的小個兒，蛋型臉上蓄著保養得宜、梳理有型的鬍子，衣著一塵不染，漆皮鞋擦得錚亮。他有嚴重的潔癖，說話不時夾雜法語，喜歡成雙成對的東西，喜歡方的不喜歡圓的（雞蛋為什麼不是方的呢？），口頭禪是「動動灰色的腦細胞」。阿嘉莎心想，他應該要有個像福爾摩斯一樣響亮的名字，取名「赫丘勒斯」怎麼樣？希臘神話中的大力士。姓氏叫白羅，不過搭赫丘勒斯這個名字好像不配……改一下，赫丘勒・白羅好像不錯？就這麼定了吧！

白羅很聰明，懂得觀察入微沒錯，但這並不表示他就得是台獨尊腦袋、缺乏情感的冰冷思考機器，尤其要在人物關係錯綜複雜的莊園宅邸查案追凶，交際手腕得高明些才行。他不是在謀殺發生、屍體出現後才開始像頭獵犬四處嗅聞，而是憑藉旺盛的好奇心與強烈的同理心接觸各種人事物，進而探入被害者、犯罪者、各個看似無辜但多少都和事件沾上邊的關係者的心靈深處，佐以現今稱作鑑識、法醫等等科學鐵證（哎，證據人人知道，可是要怎麼跟真相合理地連結到一塊，這就是名偵探的功力啦），讓原本叫人束手無策的事件得以畫下完美句點。也因此，白羅偶爾能預測進而制止罪案的發生，甚至對殘酷但值得憐憫的罪行網開一面，這樣才合乎人性不是嗎？

婚後以阿嘉莎・克莉絲蒂為名，推出《史岱爾莊謀殺案》後深獲好評，相隔六年的《羅傑艾克洛命案》更是引發街談巷議，而克莉絲蒂全球暢銷前十大作品中，還包括《東方快車謀殺案》、《尼羅河謀殺案》、《ABC謀殺案》、《藍色列車之謎》、《底牌》、《五隻小豬之歌》，合計八部皆由白羅擔綱演出。讀者不只喜愛這個聰明角色，還臣服於平實流暢的文筆及相對顯得衝突的複雜劇情，冷酷的謀殺動機隱藏在細膩的人際關係裡，穿透看似單純、帶點童話氣息的表象後，端賴名偵探明察秋毫、撥亂反正。尤其讓一個比利時人在英國土地上辦案，是克莉絲蒂的小心思，因為「英國人總是不信任外國人，也不相信睿智」（語出英國偵探俱樂部主席馬丁・愛德華茲〔Martin Edwards〕），讀者同凶手一樣輕忽不設防，卻也得到了參與鬥智競賽的意外驚奇和美好滿足。

這樣的閱讀感受，我稱之為「老派偵探之必要」，因為它純粹簡約，經得起反覆咀嚼，猶如前述的西裝革履，在潮流更迭的時間長河裡維持恆久的優雅風範——呼應吳念真先生寫在「策畫者的話」中的一段文字，那不是惺惺作態的高傲睥睨，而是「絕對自覺的通俗，無以倫比、無法招架的功力」所致。

不信？往下讀去就知道。而且我敢打賭，你有很高的比例會將整個白羅系列嗑完，然後是瑪波小姐系列以及其他系列，當然也不可能錯過像名列暢銷首位的《一個都不留》這類獨立之作……

註　克莉絲蒂推理全集一至三十八冊為「神探白羅系列」，三十九至五十二冊為「神探瑪波系列」，五十三至八十冊包含鬼豔先生、湯米與陶品絲、雷斯上校、巴鬥主任等名探故事。

獻詞

阿嘉莎・克莉絲蒂是世界讀者最眾，也最廣受喜愛的女作家。
身為克莉絲蒂的孫兒，我相信奶奶會非常樂見這次出版，
因為她極以自己作品中的趣味與娛樂為豪。
歡迎所有喜歡本系列的台灣新讀者參與這場饗宴！

——馬修・培察（Mathew Prichard）

01 灰姑娘

我知道有這麼一則為人共知的軼事，它的內容大概是：一位年輕作家為了把自己的故事開頭寫得獨具一格、具說服力些，以吸引那些全然麻痺的編輯注意，便寫了如下的句子：

「『該死！』公爵夫人說道。」

剛好，我這故事的開頭也是一樣，只不過說這句話的不是一位公爵夫人罷了。

那是六月初的某一天，我在巴黎辦完一些事，正乘著早車回倫敦去。在倫敦，我仍跟我的老朋友——前比利時警探赫丘勒．白羅——賃屋合住。

開往加來[1]的特快車空得出奇，在我乘坐的這節車廂中，只有我與另外一位旅客。我

1　加來（Calais）。法國北部港口。

離開旅館時是急匆匆的，所以在好不容易趕上火車、正忙著清點行李是否齊全的時候，火車就開動了。在此之前，我幾乎不曾去注意另外一位同車乘客，直到此刻，我才忽然想起還有這麼個人和我在同一車廂裡。

她從座位上跳了起來，放下車窗，把頭探了出去，一會兒又縮回頭，短促但很使勁地喊了一聲：「該死！」

我是個保守的人，認為女人就該有女人的樣子！時下那些神經質的女孩子，從早到晚跳著爵士舞，嘴上抽根煙囪似的香菸，用的語言連比林斯蓋漁市[2]的女人聽了也會感到害臊，我一向看不慣這種人。

我微微皺著眉，一抬頭，看到了一張俏麗、任性的臉，她頭上戴著一頂小巧的紅帽，濃密又烏溜溜的鬈髮蓋住了耳朵。我推測她最多不過十七歲，但是她臉上搽著粉，嘴上的口紅塗得不能再紅了。

她一點也不感到窘迫，反而回頭看著我，還做了一個表情十足的鬼臉。

「哎喲，可把這位善良的紳士嚇壞了！」她假裝對著眼前想像中的觀眾說，「很抱歉，我言語粗魯，太不像個小姐樣。不過，啊，上帝，這是有原因的！你可知道我唯一的妹妹不見了？」

「真的？」我客氣地說，「好不幸啊！」

「這個人看我們不順眼！」女孩自言自語地說，「他……不僅對我完全看不順眼，對我妹妹也是這樣……這太不公平，他連她的人影都還沒見過呢！」

我剛張開嘴，她卻先開了口。「別說了！誰也不愛我！我只好到花園裡去找小蟲吃。嗚嗚，我這下子可完啦！」

她把自己藏在一份法文報紙的後面。過了一會兒，我看到她兩隻眼睛偷偷越過報紙上方窺視著我，我忍不住微微一笑。她馬上就把報紙扔在一邊，愉快地縱情大笑了起來。

「我就知道你不像看起來的那樣傻。」她喊叫著說。

她的笑聲富有感染力，我也不禁笑了起來，儘管我對「傻」這個用詞頗不以為然。

「嗨！這下我們算是朋友啦，」那女孩說，「好，說你對我妹妹的事感到難過……」

「我好難過啊！」

「那才是個好孩子！」

「讓我把話說完。我還要補一句：雖然我好難過，不過沒有她我還能忍受。」我微微地行了一個禮。

可是這個令人無法捉摸的小女孩蹙起眉頭，搖了搖頭。

「別說啦！我倒寧願瞧你那副自以為是、看不順眼的樣子。看你的表情就好像在說：

2 比林斯蓋漁市（Billingsgate Fish Market），倫敦的一個漁市場，由於那裡的人未受過什麼教育，所以說話粗俗。

『這人不是和我們同一類的。』這點你倒是猜對了。不過，當心點兒，現在還很難說呢！不是每個人都能辨別出誰是真公爵夫人，誰是假公爵夫人。瞧，我想我又把你嚇唬住了！說你是個老古板，可一點都不假，我也不在乎，就算再多幾個像你這樣的人，我們也還受得了。我恨的是那種粗魯蠻橫的人，那簡直會使我發瘋。」

她使勁搖著頭。

「你發瘋是什麼樣子？」我帶著笑問。

「一個如假包換的小魔鬼！完全不知道自己在說什麼或做什麼！有一次我差點兒把一個傢伙殺了，不過他也是活該嘛！」

「哎，」我央求說，「你可別跟我生氣呀。」

「我不會跟你生氣。我第一眼見到你就喜歡你了。但你這麼一副看人不順眼的態度，我想我們是永遠也不會成為朋友。」

「嗯，我們已經是朋友了。說說你自己吧。」

「我是個演員，不……可不是你所想的那種。從我還是六歲小女孩時，就在木板上翻筋斗了。」

「你的意思是——」我感到迷惑不解。

「你從沒看過馬戲團的童星表演嗎？」

「哦，我懂了！」

「我出生在美國，可是大部分時間是在英國度過的。現在我們有一檔新節目……」

「我們？」

「我妹妹和我。有歌唱有舞蹈，還有繞口令，再穿插些老把戲，整個節目精采別致，每次演出都很成功，很有賺頭喔……」

我這位新朋友探著身子，滔滔不絕地講著，她的好多用語對我來說簡直是不知所云。但我發現自己對她愈來愈感興趣。她像個好奇寶寶及成年女性的綜合體，讓人難以理解。她就如她自己所說的能言善道，很能幹，又可以照顧自己，然而她那誠實的生活態度，及立定目標要「出人頭地」的決心，又帶著一種純真無邪。

火車過了亞眠[3]，這個地名勾起了我許多回憶，而我的同伴好像也感受到我心中在想著什麼似的。

「想起戰爭了嗎？」

我點點頭。

「我想，你已經走過來了？」

「還算好，我受過一次傷。索姆戰役後，我因傷遣返，現在是一位議員的私人祕書。」

3 亞眠（Amiens），法國北部索姆河谷內的一座城市，第一次世界大戰期間，該地曾有過戰役。

「哇，那可是要花心思的工作！」

「不，才沒有。實際上，沒有什麼工作可做。通常每天只要花兩小時就處理好了，而且十分枯燥乏味。說實在的，要不是我還有別的嗜好可以寄託，我真不知道該怎麼辦。」

「別告訴我你在收集昆蟲！」

「不是，我跟一個非常有趣的人合住。他是比利時人，曾是一名警探。現在他在倫敦定居，當私人偵探，他辦案非常出色。這小個子非常了不起，已經多次證明凡是警察解決不了的事情，總是難不倒他。」

我的同伴睜大了眼睛聽著。

「這真有趣，不是嗎？我好喜歡犯罪的故事，只要有偵探電影，我一定去看；若是報上有刊登謀殺案，那我簡直要把報紙吞了下去。」

「你記得『史岱爾莊謀殺案』嗎？」

「我想想……是不是一位老太太被下毒的那起案件？在艾塞克斯的某個地方發生？」

我點點頭。

「那是白羅偵辦的第一個重大案件。要不是他，那凶手早就逍遙法外了。那可真是一件了不起的破案行動！」

我愈談愈起勁，乾脆把案件從頭到尾講了一遍，最後還來了一個意想不到的凱旋式收場。那女孩聽得著了迷。事實上我們聊得太專心，以致連火車進了加來站都差點不知道呢！

我找了兩個腳夫，我們一起走下月台，我的同伴伸出她的手。

「再見，以後我一定會多注意自己的言行。」

「唔，讓我在船上照顧你吧？」

「我也許不上船了，因我還得看看我妹妹到底有沒有上火車。總之，謝謝你了。」

「呃，不過我們應該還有見面的機會吧？難道你連你的姓名也不告訴我？」當她轉身離去時，我喊道。

她回過頭來望著我。

「灰姑娘。」她說著笑了。

我根本想不出會在什麼時候、什麼情況下再看到這位灰姑娘。

02

一封求救信

第二天早上九點零五分，我走進我們共用的客廳吃早餐。我的朋友白羅跟往常一樣，分秒不差，正在輕輕敲他的第二顆雞蛋。

我進來時，他微笑著向我打招呼。

「你睡得還不錯吧？從可怕的跨海之旅恢復過來啦！今天早晨你幾乎如往常般準時。恕我冒犯——你的領帶打歪了，讓我把它調整一下。」

白羅這個人，我在別處已經描繪過：他的個子非常矮小，五呎四吋高，蛋形頭微微偏向一邊，興奮時兩眼閃耀著綠光，兩道整齊略帶僵硬的軍人式髭鬚，讓人印象深刻。他外表整潔，注重穿著。對於任何東西都非常講究整潔，只要看到有件飾品擺偏了，或是哪兒有那麼一點點灰塵，甚至誰的衣服稍欠整齊，這小個兒簡直就像活受罪般地痛苦，非得調整一番，心裡才舒坦。講究條理、方法是他的信條。他對諸如腳印、菸灰等這些看得見的證據是相當蔑視的，總認為光憑這些東西永遠也不可能幫偵探解決問題。每當他發表見解後，往往會輕叩自己的蛋形腦袋，那洋洋自得的樣子頗為可笑，接著還會再自鳴得意地歸功於：「真本事是在這裡面的這些小小灰色腦細胞，mon ami[4]，永遠別忘記這些小小灰色腦細胞。」

我在自己的座位上坐下來，懶懶地回答白羅說，從加來到多佛[5]那種一小時的渡海航程，可不是用「可怕」二字可一語帶過的。

「有什麼有趣的信件嗎？」我問道。

白羅搖搖頭，看起來不太滿意。

「我還沒看，可是這年頭已沒有什麼有趣的事了。那些重大的刑事案件、智慧型犯罪，現在可找不到啦。」

他失望地搖晃著腦袋，我哈哈大笑起來。

「振作起來吧，白羅，時運會改變的。把信拆開看看，說不定有一起重大案件正在地平線上浮現呢。」

白羅微笑著，拿起他那把乾淨的拆信刀，裁開放在他餐盤旁的幾枚信封。

4　法語，意思是「我的朋友」。
5　多佛（Dove），英國港口，在倫敦東南一百多公里處，隔著多佛海峽，同法國港口加來相望。

「帳單，又是一張帳單，看來我年紀愈大，卻變得愈揮霍無度了。啊哈！傑派寄來的一張字條。」

「是嗎？」我豎起耳朵，這位蘇格蘭警場的警探，曾經不止一次介紹給我們一些有趣的案件。

「他只是（按照他的方式）向我道謝，因為我在『艾比士威案』上曾經給了他一些小小的指點，讓他找到正確方向，我很高興那對他有幫助。」

白羅繼續平靜地讀信。

「有人建議我對本地的童子軍做一次演講；弗法諾伯爵夫人說，如果我去看她，她將非常感激——不用懷疑，八成又要送我一隻小狗。現在是最後的一封信了，啊……」

我警覺到他的聲調有變化，抬頭望了一眼。白羅正在仔細讀著信，沒多久他就把信拿給了我。

「我的朋友，這信有點不尋常，你自己讀吧。」

信是寫在一張外國信箋上，字跡粗大又頗有特色。

法國梅蘭維鎮索爾梅村熱內維芙別墅

親愛的先生：

我需要偵探的幫助，而且基於某些原因（以後將奉告），我並不想求助於當地警察。我曾多次聽說過你，公眾的評價也足以證明先生你不僅才智卓越，而且是個謹慎從事的人。關於細節，我不準備在信中多談。

由於我手中掌握某項祕密，因此終日惶惶不安，我深信危險已迫在眉睫，因此我懇求你火速渡海前來法國。如蒙告知抵達時間，我將派車前往加來迎接。先生若將手頭各項案件暫時擱下，以我的委託為優先，我將感激不盡，並願付出相當的補償金額。我或許需要你一段時間的協助，必要時可能還得有勞先生去聖地牙哥一趟，我曾在該地住過多年，先生所需的一切費用，我將樂意照付。

情況緊急，再次強調。

P．T．雷諾謹上

在簽名下面有一行潦草得幾乎難以辨認的字跡：「看在上帝的份上，速來！」

我把信遞還給他，心裡興奮得心跳也加快了。

「總算出現不尋常的事情了。」

「是呀，的確如此。」白羅沉思地說。

「你當然會去囉。」我接著說。

白羅點點頭，仍沉思著。最後他似乎打定了主意，望了一下鐘，表情顯得很嚴肅。

「我的朋友，看來我們得快點了。去歐陸的特快車十一點在維多利亞車站開出。不過別激動，還有時間呢，我們還可以討論十分鐘。你要跟我一起去，nest-ce pas[6]？」

「呃……」

「你自己跟我說過，接下來幾個星期你的老闆用不著你。」

「噢，那倒不成問題，只是這位雷諾先生明顯暗示這是件私事啊！」

「謝啦，雷諾先生那裡我會應付的。仔細想想，這個姓氏好像挺耳熟的。」

「有位大名鼎鼎的南美百萬富翁，名字就叫雷諾，不知道是不是同一個人。」

「一定是他沒錯，這就可以解釋信中為什麼會提到聖地牙哥了。聖地牙哥在智利，智利又在南美。啊，我們進展得不錯嘛！那行附言你注意到沒有？你的感覺如何？」

我思索著。

「很明顯，他寫信時，盡量克制著情感，可是到最後他的自制力崩潰了，衝動之下，草草寫下了這些絕望的字眼。」

可是我的朋友卻用力地搖著頭。

「你錯了。你沒有看見簽名的墨跡是黑的，那附言的顏色卻很淡？」

「是嗎？」我疑惑地問。

「Mon Dieu[7]，我的朋友，用用你小小的灰色腦細胞吧，那不是再明顯不過的嗎？雷諾先生寫了信後，他沒有使用吸墨紙，就仔細地再讀了一遍。接著，不是出於一時衝動，而是經過謹慎考慮後，加上了最後幾個字，然後再用吸墨紙吸的。」

「那又是為什麼？」

「當然是為了讓我以為情況是如你所說的那樣。」

「什麼？」

「總之，就是要我非去法國不可。他重新讀過信後感到不滿意，因為語氣不夠有力。」

他停了一下，兩眼閃耀著內心激動時常發出的綠色光芒，接著又輕聲說：「我的朋友，既然附言是經過冷靜思考後鄭重加上去的，而不是出於一時衝動，情況一定很緊急，那我們得盡快趕到他那裡去。」

「梅蘭維鎮，」我沉思低語著，「我想，我聽說過這個地方。」

白羅點點頭。

「那是個安靜而別致的小地方，就在布洛涅[8]到加來的中間，我猜雷諾在英國有別墅。」

「是啊，如果我沒記錯，他有一座別墅在拉特蘭門[9]；在赫特福德郡的某處鄉村也有一所大豪宅。可是我對他所知不多，因為他在社交圈中並不活躍。我相信他在倫敦股市控有

6 法語，意思是「是不是」。

7 法語，意思是「天哪」。

8 布洛涅（Boulogne），法國東北部港口。

9 拉特蘭門（Rutland Gate），位於英國中部拉特蘭郡。

大量的南美股份，而大部分時間他都待在智利和阿根廷。」

「呃，反正我們等著聽他本人詳述始末就是了。來，我們收拾行李吧！各人帶個小手提箱，叫輛計程車到維多利亞車站。」

十一點鐘，我們從維多利亞出發前往多佛。啟程前，白羅給雷諾發了一封電報，告訴他我們抵達加來的時間。

在船上，我知道此時最好不要去打擾我的朋友。天氣真好，海面正如成語所說的「風平浪靜」，因此當白羅竟面帶微笑的和我在加來一起下船時，我並不感到意外。可是隨即而來的情況卻令人大失所望，因為沒有汽車來接我們。白羅認為這是電報傳遞延誤所致。

「我們就雇輛車吧。」他興致勃勃地說。

幾分鐘後，我們就坐著一輛破舊不堪的計程車，嘎吱嘎吱地一路顛簸著朝梅蘭維的方向駛去。

我興致很好，可是我那小個子朋友卻嚴肅地望著我。

「你這興奮的模樣就像蘇格蘭人所謂的『回光返照』，海斯汀，這是災禍的預兆！」

「胡扯，不過看來，你的感覺與我的不同。」

「是不同，我感到害怕。」

「害怕什麼？」

「我說不上來，但是我有預感……je ne sais quoi[10]！」

他說話的態度凝重，我不由自主地也受到了影響。

「我有一種感覺，」他慢條斯理地說道，「這將是一起重大事件——一個不易解決、耗費時間的棘手問題。」

我本來還要追問下去，就在此時我們駛入了梅蘭維小鎮。我們放慢了車速，詢問去熱內維芙別墅的方向。

「穿過小鎮，先生，筆直地往前走。熱內維芙別墅離馬路的另一邊大約還有半哩路。那是一座面海的大別墅，不會找不到的。」

我們向指路人道過謝，就離鎮往前駛去，在路邊的岔道那兒我們又停下了。一個農夫正向我們走來，我們準備等他靠近些再問路。在路旁有一座小小的別墅，但看起來太小、太破舊，不像是我們要找的那座。在我們等候時，小別墅的門開了，一個女孩走了出來。

那農夫正要走過我們身旁時，司機從座位上探身問路。

「熱內維芙別墅嗎？就在這條路右邊沒幾步，先生。要不是這彎道，你就看見它了。」

司機向他道了謝，再次開動車子。女孩仍站在那兒，一隻手按在門上，望著我們。我的眼睛被她吸引住了。凡是美的事物我總是非常愛慕欣賞，這女孩是這麼美，不論誰看見她都

10 法語，意思是「說不出為了什麼」。

會想和她說話。她身材修長，有如天仙般的姿態，一頭金髮在陽光中熠熠發光。我自忖著，這是我所見過最美的女孩了。當車子搖晃著駛上崎嶇不平的道路時，我還回過頭去望著她。

「啊，白羅，」我驚呼道，「你看見那位年輕的美仙子了吧？」

白羅揚起了雙眉。

「Ça commence[11]！」他低聲說，「你已經認定那是一位仙子！」

「別開玩笑了，難道她不是嗎？」

「也許吧，但我沒注意。」

「你不是也有看到她嗎？」

「我的朋友，很少有兩個人看到同一事物的感受會是相同的。比方說，你看到的是位仙子，可是我……」他吞吞吐吐地說。

「嗯？」

「我看到的只不過是個眼神慌張的女孩。」白羅沉重地說道。

這時車子靠近了一扇綠色大門，我們不約而同地發出一聲驚呼。門前站著一個嚴肅的警官，他舉起手來擋住了我們的去路。

「先生們，你們不能過去。」

「可是我們是來見雷諾先生的，」我喊道，「我們與他有約，這不是他的住宅嗎？」

「是，先生，不過……」

白羅探身向前。

「不過什麼？」

「雷諾先生今天早晨被謀殺了。」

11 法語，意思是「好戲上場了」。

03 熱內維芙別墅

白羅立即跳下車來，兩眼因為激動而發光。

「你說什麼？被謀殺了？什麼時候？怎麼回事？」

警官挺直身說：「先生，我不便回答。」

「是這樣，我明白了。」白羅沉思了片刻，「警察局長應該在裡面囉？」

「是的，先生。」

白羅取出一張名片，在上面草草寫了幾個字。

「喏，可否勞駕你把這張名片立刻遞給局長？」

警官接過名片，回過頭來，吹了一聲口哨。立即有個人走過來，警官就把白羅的名片遞給他。過了幾分鐘，一個壯碩且留著濃密大鬍子的矮個子急忙地向大門口跑來。警官向他敬禮，站在一旁。

「親愛的白羅先生，」跑過來的那個人叫喊著，「能見到你真是太高興了，你來得正是時候。」

白羅面露喜色。

「貝克斯先生，見到你真是太高興了！」他轉過身對著我。「這是我的一位英國朋友，海斯汀上尉。這是呂西安．貝克斯先生。」

局長和我互相禮貌性的問候，接著貝克斯先生又轉向白羅。

「我的老前輩，自從一九〇九年那次在奧斯坦[12]分手以後，我一直沒再見到你。你能提供有助於我們的線索嗎？」

「也許你已經知道了，你曉得我是受託應邀前來的嗎？」

「不知道，受誰之託？」

「死者，看來他知道有人企圖謀害他。遺憾的是，他的請託遲了一步。」

「天哪！」那法國人突然驚叫起來。「原來他已經預料到自己會死於非命，這下可把我們的想法徹底推翻了。還是先到裡邊來吧！」

他打開了大門，我們就向宅邸走去。貝克斯先生接下去說：「這個情況得立即報告檢察

12　奧斯坦（Ostend），比利時西北部港口。

官阿于特先生。他剛在現場檢查完畢，正打算開始訊問呢。」

「凶殺案是什麼時候發生的？」白羅問道。

「屍體是在今天早晨大約九點左右發現的，據雷諾夫人和醫生的證詞表示，被害人應該是在淩晨兩點死亡的。請進吧。」

我們走到了通往別墅前門的台階前，門廳另有一名警官坐著，他一見到局長就站起來。

「阿于特先生在哪裡？」局長問著。

「在客廳，先生。」

貝克斯先生推開門廳左邊的一扇門，我們進入了客廳。阿于特先生和他的書記官正坐在一張大圓桌那邊。當我們進來時，他們兩人都抬起頭來。局長做了介紹，說明我們來此別墅的原委。

檢察官阿于特先生身材瘦高，黑色的眼睛炯炯有神，說話時習慣撫弄他那修剪整齊的灰白鬍鬚。靠近壁爐那邊站著一個略微上年紀的男人，雙肩有些駝背，經過介紹，才知是杜蘭德醫生。

「太奇怪了，」阿于特先生在局長說完後講道，「那信你隨身帶著嗎，先生？」

白羅把信遞給了檢察官，他開始讀信。

「嗯！他提到有個祕密。可惜他沒有說得更明白些。非常感激你，白羅先生，希望你能助我們一臂之力。你必須回倫敦嗎？」

「檢察官先生，我打算留在這兒。我來晚了，沒能挽救委託人的生命，可是我認為自己有責任把凶手偵緝歸案。」

檢察官稍微欠身表示敬意。

「這份情操令人敬佩。再說，毫無疑問，雷諾夫人一定會要你繼續效勞的。我們正等待巴黎保安局的吉羅先生加入陣容，我相信你們兩人在偵查過程中會互相幫助。同時，我希望我做審訊時你能蒞臨。當然如果你有需要，我們一定盡力協助，這點我其實不必多說了。」

「謝謝你，先生。目前我毫無方向，一無所知，這你是了解的。」

阿于特先生向局長點頭示意，後者接著說道：「今天早晨，老女僕芙朗索下樓正要開始清掃，發現前門半開著。當時她驚恐地感覺到一定是遭小偷了。她走進備餐室察看，發現銀餐具一件也沒少，所以也就不當回事，心想一定是主人一早去散步了。」

「請原諒我打斷一下，先生。他經常散步嗎？」

「不，不是的，可是芙朗索對英國人總有自己的一套想法——他們都是些瘋子，隨時會做出不可思議的舉動來。而年輕的女僕萊奧妮則被嚇得魂不附體。她像往常一樣去伺候女主人起床時，卻發現女主人被捆綁著手腳，嘴也被堵住了。就在同一時候，又傳來消息說，發現了雷諾先生的屍體，背後被戳了一刀，已經斷了氣。」

「在哪兒發現的？」

「這是本案中最離奇的一點，白羅先生。屍體是臉朝下趴著的，在一個沒有填上土的墓穴裡。」

「什麼？」

「是這樣的，這土坑是不久前挖的，它就在離別墅僅僅幾碼外的地方。」

「死了多久？」

杜蘭德醫生回答道：「我是今天上午十點檢查屍體的。死亡至少發生在七小時以前，也可能在十小時以前。」

「唔！也就是，在半夜和凌晨三點之間。」

「正是。雷諾夫人說是在兩點以後，這樣就把時間再縮短了些。被害人是在一瞬間死亡的，而且不是自殺。」

白羅點了點頭，局長接下去說：「那些驚恐不已的僕人趕緊為雷諾夫人鬆了綁。她衰弱至極，由於被綁，痛得幾乎失去了知覺。聽說是有兩個戴著面具的傢伙闖進臥房，堵住她的嘴，綁了她的手腳，一面脅迫她的丈夫跟他們走。這是從僕人那兒得到的二手資料。雷諾夫人聽到這悲慘的消息時極度震驚，立刻昏了過去。杜蘭德醫生來後，立即讓她服了鎮靜劑。因此我們還沒來得及向她訊問。她醒過來時一定會鎮靜些，精神狀態可以經得起訊問。」

局長就說到了這裡。

「這屋裡有哪些人，先生？」白羅問。

「老女僕芙朗索是管家，她跟著熱內維芙別墅的前任屋主在這兒住了好多年。還有兩個年輕女孩丹妮斯．烏拉爾和萊奧妮．烏拉爾，她們是姐妹，家住梅蘭維鎮，父母親都是老實人。還有一個駕駛，是雷諾先生從英國帶來的，可是現在他不在，去度假了。再來就是雷諾夫人和她的兒子傑克．雷諾先生，此刻他也不在家。」

白羅低垂著頭。阿于特先生喊道：「馬休！」

警官走了過來。

「把女僕芙朗索帶進來。」

警官敬禮離開，過了一兩分鐘後帶著驚恐不安的芙朗索回來。

「你叫芙朗索．阿里舍？」

「是的，先生。」

「你在熱內維芙別墅幫傭已經很久了吧？」

「跟子爵夫人有十一年了。今年春天她把別墅賣出去，我答應留下來服侍英國主人。誰會想到……」

檢察官打斷了她。

「當然，當然。不過，芙朗索，通常晚上是誰負責把前門鎖上的呢？」

「是我，先生，總是我親自檢查這門的。」

「那麼昨天晚上呢？」

「我跟往常一樣把門鎖上。」

「這一點你能肯定嗎？」
「我以上帝聖徒的名起誓，先生。」
「在什麼時候？」
「跟往常一樣，十點半，先生。」
「那麼屋裡的其他人呢？都上床了嗎？」
「夫人更早些就回房了，丹妮斯和萊奧妮跟我一起上樓的，主人還在他的書房裡。」
「那麼，如果說後來有人開門的話，那一定是雷諾先生自己囉？」
芙朗索聳聳她那寬厚的肩膀。
「他為什麼要這麼做呢？強盜、凶手隨時都會經過呢！真虧您想得出來！主人可不是笨人，他不見得非送那位太太出門不可吧？」
檢察官厲聲打斷她說：「哪位太太？你指的是哪位太太？」
「哦，那位來看他的太太。」
「昨天晚上有位太太來看他？」
「是，先生——正如其他許多天晚上一樣。」
「她是誰？你認識她嗎？」
女僕的臉顯出一副頗為狡黠的神色。
「我怎麼知道她是誰呢？」她嘟囔著，「昨天晚上可不是我放她進來的。」

「哼！」檢察官吼叫道，一面用手在桌上砰地拍了一下。「你想隨便敷衍警方嗎？我要你立刻告訴我昨天晚上來看雷諾先生的女人叫什麼。」

「警方……警方，」芙朗索嘟囔著，「我從來不想跟警方有什麼瓜葛，可是我很清楚她是誰，她就是多布勒夫人。」

局長驚呼了一聲，探身向前，似乎吃驚不已。

「多布勒夫人……就住在路邊的瑪格雷別墅？」

「正是，先生。啊，她可是個美人兒。」

那女僕輕蔑地把頭往後一仰。

「多布勒夫人，」局長喃喃地說，「不可能。」

「反正，」芙朗索嘀咕著，「我說的是真話。」

「不是的，」檢察官帶著安慰的口氣說，「我們沒有別的意思，只是感到吃驚罷了。那麼多布勒夫人跟雷諾先生，他們是……」他停了一下，「呃……沒錯吧？」

「我怎麼知道呢？若是你，你會如何？主人是個 milord anglais[13]，très riche[14]。而多布

13 法語，意思是「英國紳士」。

14 法語，意思是「非常有錢」。

勒夫人雖說不富有，卻 trés chic[15]，和女兒兩人安安靜靜地過日子。她是個有來歷的女人，這一點不用多說。年齡雖不算輕，可是說實在的，她走在街上時，路上的男士少不了要回頭多看她幾眼呢。再說，最近一段日子，她手頭寬裕多了，也花得起錢了，這事全鎮的人都知道。往日樣樣需要精打細算，現在大可不必操心了。」芙朗索搖晃著頭，擺出一副無庸置疑的樣子。

阿于特先生沉思地拂著鬍鬚。

「那麼雷諾夫人呢？」他終於問，「她對這份……友誼是什麼態度？」

芙朗索聳了聳肩膀。

「她一向很和善，既有禮貌又行事周到。可以說，她連一絲懷疑都沒有。不過話說回來，她心裡總是不好受，對吧，先生？這些日子以來，我看得出夫人的臉色愈來愈蒼白，身體也愈來愈虛弱了，跟一個月前剛來的時候不大一樣。主人也變了，為不少事情心煩。不難看出他神經緊張到極點，眼看就要垮了。但是他們之間傳出這樣的事，誰也不會感到奇怪。所謂的檢點、矜持，都不重要了。這就是標準的 style anglais[16]！」

我氣得在座位上直跳腳，檢察官卻對這些枝節不加理會，繼續提出問題。

「你說雷諾先生沒有把多布勒夫人送出門去？那麼她是自己離開的嗎？」

「應該是，先生。我聽見他們從書房裡出來走到門那兒。主人說了聲晚安，就把門在她身後關上了。」

「那是什麼時候？」
「大約十點二十五分左右，先生。」
「你知道雷諾先生是什麼時候上床的？」
「我聽到他在我們上床後十分鐘上樓。這樓梯嘎吱作響，不論是誰上下樓都能聽到。」
「就這些了嗎？晚間你沒有聽見什麼異樣的聲音嗎？」
「什麼也沒有，先生。」
「早晨哪個僕人最先下樓來的？」
「先生，是我。我一眼就看到那門打開著。」
「樓下其他的窗戶怎麼樣，都是鎖著嗎？」
「都關得好好的，沒有一處可疑或是異樣。」
「好啦，芙朗索，你可以走了。」
老女僕向門口走去，在門口她回過頭來說：「先生，有件事我得告訴你。那個多布勒夫人可不是什麼好人！真的，女人最了解女人。記住，她不是好人。」芙朗索一本正經地搖著

15 法語，意思是「非常漂亮」。
16 法語，意思是「英國作風」。

頭，離開了客廳。

「萊奧妮．烏拉爾，」檢察官喊道。

萊奧妮哭著出場，那樣子接近歇斯底里。阿于特先生技巧的訊問她。她的證詞內容，主要是說她怎樣發現女主人被堵住嘴，手腳也被捆綁著。她的描述難免有些誇大其詞，但跟芙朗索一樣，她在晚間也沒有聽到什麼。

她的妹妹丹妮斯接著也說了話，她也提到主人最近變了很多。

「他最近變得愈來愈愁眉不展，吃得也愈來愈少，總是鬱鬱不樂的樣子。」可是丹妮斯有她自己的看法。「八成是黑手黨盯上他，派了兩個蒙面的殺手……不然還會是誰呢？這社會太可怕了！」

「當然，這是可能的。」檢察官順著她的口氣說道，「呃，我的好女孩，昨晚上是你給多布勒夫人開的門嗎？」

「先生，不是昨晚，是前天晚上。」

「可是芙朗索剛才告訴我們說，多布勒夫人昨晚在這兒。」

「不，先生。昨晚是有一位小姐來看雷諾先生，但不是多布勒夫人。」

檢察官感到意外，但仍堅持是多布勒夫人。這女孩也態度堅定地表示認識多布勒夫人，自己是不會錯的。昨晚那位小姐的皮膚雖然也有點黑，但是身高要再矮些，也比較年輕。無論如何她都不會改變她的說法。

「這位小姐你以前曾見過嗎？」

「先生，從來沒見過。」女孩馬上猶豫地補上了一句，「可是我想她是英國人。」

「英國人？」

「對，先生。她在問起雷諾先生的時候，用的是道地的法語，不過那口音——無論如何總是稍微聽得出來的。再說，他們從書房出來時講的是英語。」

「你聽到他們說了些什麼嗎？我是說，你能聽懂嗎？」

「我嘛，我的英語算是不錯的。」丹妮斯自豪地說，「那小姐講得太快，我不是很懂，可是主人在替她開門時說的最後一句話我是懂的，」她停了一下，接著小心而又費勁地學著說：「『好啦，好啦，可是看在上帝份上，你現在走吧！』」

「『好啦，好啦，可是看在上帝份上，你現在走吧！』」檢察官重複著說道。

他把丹妮斯打發走了，經過短暫的慎重思考後，又把芙朗索叫了進來。他對她提出一個問題：她有沒有弄錯多布勒夫人來訪的日期。然而，芙朗索出人意料地堅持原來的說法：昨天晚上來的確實是多布勒夫人，一定是她，不會錯的。丹妮斯只是想出出鋒頭罷了，就是這樣！因此她編造了一個什麼小姐的精采故事，還不忘賣弄自己懂英語。也許這句英語，主人根本沒說過；就算說過吧，也證明不了什麼，因為多布勒夫人的英語講得也很流利。她跟雷諾先生、夫人談話時大都用英語。「要知道，主人的兒子——傑克少爺常常來這兒，他法語講得很糟。」

檢察官沒再堅持下去，轉而詢問起汽車的情況，得知就在昨天，雷諾先生曾說他大概不會用到車子，甚至還要馬斯特不如趁此休一天假。

白羅的雙眉逐漸緊蹙，顯得困惑不解。

「你在想什麼？」我悄悄地問。

他不耐煩地搖搖頭，提了一個問題。

「借問一下，貝克斯先生，這樣說來，雷諾先生自己會開車囉？」

局長朝著芙朗索看了一眼，那老女僕立即回答說：「不，主人不會開車。」

白羅的眉頭蹙得更緊了。

「我希望你告訴我，什麼事使你那麼心煩。」我不耐煩地說。

「你難道看不出來？雷諾先生在信中曾提到要派車到加來站接我的。」

「也許他指的是雇計程車。」我提醒說。

「有這個可能，可是自己明明有車，何必還要雇車呢？又為什麼偏偏在昨天把司機打發走……很突然，而且要求馬上離開？是不是出於某種原因，雷諾先生希望在我們到達這裡以前把他打發走？」

04

一封署名「貝拉」的信

芙朗索離開客廳後，檢察官若有所思地輕敲著桌子。

「貝克斯先生，」他最後說，「我們目前聽到的證詞都是互相矛盾的，我們該相信哪一個呢，芙朗索還是丹妮斯？」

「丹妮斯，」局長斷然說道，「是她給客人開的門。芙朗索又老又固執，而且顯然她非常不喜歡多布勒夫人。更何況，我們自己所了解的情形也顯示出，雷諾跟另外一個女人有所牽連。」

「啊！」阿于特喊道，「我們竟然忘了告訴白羅先生。」他翻動著桌上的一些紙張，挑出一張遞給了我的朋友。「白羅先生，這封信是我們從死者的大衣口袋中發現的。」

白羅接過來把信攤開。紙張有點舊，也被弄皺了。信是用英語寫的，從筆觸看來，似乎寫信的人年紀還很輕。

最最親愛的：

你為什麼這麼久都不寫信給我呢？你還是愛我的，對吧？但你的前幾封信這麼奇怪、冷淡、生疏，現在又音訊全無，這讓我感到很害怕。你不愛我了！可是這是不可能的……我真是個傻瓜，總是這樣疑神疑鬼！要是你真的不愛我了，那我真的不知道該怎麼辦才好……也許自殺吧！沒有你，我怎麼還活得下去？有時候，我想也許是有另外一個女人介入了。那我只能說她可得小心點兒……你自己也是！如果讓她得到你的話，我會馬上殺了你，我說話算話的！

你看我寫的這些胡言亂語！你愛我，我愛你……是的，愛你，愛你，愛你！

癡心愛著你的　貝拉

信上沒有地址，也沒有日期。白羅嚴肅地遞還了信。

「你們有什麼想法？」

檢察官聳聳肩膀。

「顯然雷諾先生原本跟這個名叫貝拉的英國女人有瓜葛；但到了這兒後，他又結識多布勒夫人，而冷落了前一個女友。她馬上就起了疑心，這封信明顯是一種威脅。白羅先生，乍看之下，這案件似乎再簡單不過了：由愛生恨！雷諾先生被人在背後戳了一刀，這明顯是出自女人的手法。」

白羅點點頭。

「背後戳了一刀，是呀……可是那墓穴就說不通了！那是很花力氣的——女人可掘不了那個墓穴的，先生。那是男人做的。」

局長激動地驚呼道：「是呀，是呀，你說得對，我們可沒想到這一點。」

「我說過，」阿于特先生接下去說，「乍看之下，這案件似乎簡單，可是那些戴著面具的傢伙和從雷諾先生那裡找到的這封信，又把事件弄複雜了。看來這是另外一種完全不同的情況，兩者之間毫無關聯。至於那封寫給你的信，你看有沒有可能指的是『貝拉』和她的威脅？」

白羅搖搖頭。

「不太可能。像雷諾先生這種經歷過蠻荒探險生涯的人，照理說不會只為了對付一個女人而請求保護。」

檢察官使勁地點著頭。

「我的看法正是這樣，那我們就得尋找這封信出自何人之手……」

「在聖地牙哥找，」局長替他把話講完。「我立即打電報給那兒的警察局，詢問死者先前在那裡的生活情況，諸如異性關係、生意往來、結交的朋友以及他可能招惹的仇人等等。如果問了以後，我們對他遭到神祕謀殺還是沒有頭緒，那才奇怪呢。」

局長向四周望了一眼尋求認同。

「好極了！」白羅誇讚道。

「在雷諾先生的遺物中，你還有找到這個貝拉的其他來信嗎？」白羅問道。

「沒有。當然，我們的首要之務，就是全面搜查他書房裡的私人文件，可是沒找到任何特別的東西。一切看來清清楚楚，唯一特別的是他的遺囑，這就是。」

白羅把文件讀了一遍。

「原來如此，給斯托納一千英鎊的遺產。嗯，這個斯托納是誰？」

「雷諾先生的祕書。他留在英國，偶爾在週末時來這兒一兩趟。」

「其他一切無條件地留給他的愛妻艾洛絲。遺囑內容很簡單，但完全符合程序。有丹妮斯和芙朗索兩個僕人作證，沒有什麼不對勁的地方。」他把遺囑交還局長。

「也許，」貝克斯發言了，「你沒有注意……」

「你說的是日期？」白羅眨了眨眼。「是呀，我注意到了，是兩個星期以前立下的，這也許是他初次隱隱覺得有危險。好多有錢人沒有立遺囑就死了，因為他們壓根沒想到自己會遭逢不測。不過，太早下結論不免危險。但是，這一點足以證明，雖說他跟別人有染，但對自己的妻子還是有真正的感情。」

「是呀，」阿于特先生猶豫地說，「不過這對他兒子有點不公平，因為這樣一來他就得完全依賴母親了。如果她再婚，而且她的第二任丈夫對她有偌大影響力的話，這孩子可能拿不到他父親的一毛錢。」

白羅聳聳肩膀。

「男人是種虛榮的動物，雷諾先生一定是設想他的遺孀不會再嫁。至於兒子嘛，把錢留給他母親保管未嘗不是一種上上之策。有錢人的子孫，往往是揮霍無度的。」

「也許就像你說的吧。現在，白羅先生，你一定想看看現場吧。很抱歉，屍體已經移走了，不過事先已經從各個角度拍下了照片。照片洗好就可給你做參考。」

「先生，感謝你的好意。」

局長站起身來。

「諸位，跟我來吧。」

他打開門，有禮地欠身，讓白羅先走。白羅也禮貌地後退一步，向局長彎了彎腰。

「先生，你請。」

「你請。」

最後他們走進了門廳。

「那邊的那個房間是書房，是嗎？」白羅突然問道，朝著對面的那扇門點了點頭。

「是的。你要看看嗎？」

局長一面說一面打開門，我們就走了進去。

雷諾先生選為自己專用的房間不是太大，但陳設雅致、舒適。靠窗那裡有一張辦公桌，附有許多小格。面對壁爐是兩張大的皮面安樂椅，兩者之間是張小圓桌，上面擺滿了最新出版的書籍和雜誌。

白羅停了一會兒，打量著房間，然後往前走了幾步，用手在兩張皮椅的背後輕輕一抹，從小圓桌上拿起了一本雜誌，又用一個指頭小心翼翼地在橡木製的碗櫥面上抹了一下。他的臉色表示出十分肯定的樣子。

「沒有灰塵？」我帶笑問道。

他望著我，面帶喜色，似乎對我能了解他的癖好表示讚賞。

「沒有一絲灰塵，我的朋友！也許，這反而是個遺憾呢。」

他那彷彿老鷹似的敏銳雙眼四處張望。

「啊！」他突然帶著寬慰的語調說，「壁爐前面的小地毯擺得不正。」

他彎下身子把它放平了。

突然，他發出一聲驚叫，站起身來，手裡拿著一張小小的粉紅色紙片。

「在法國，就像在英國一樣，傭人總是那麼粗心，沒有把地毯下面打掃乾淨。」白羅說。

貝克斯從白羅手中接過紙片，我也湊過去看看。

「你認得出來吧，呃，海斯汀？」

我搖搖頭，感到迷惑不解，可是那粉紅紙片的特殊色調倒是挺眼熟的。

局長的反應比我快得多。

「支票的碎片。」他驚呼道。

紙片約兩吋見方，上面用鋼筆寫著「杜維恩」。

「Bien[17]！」貝克斯說道，「這張支票是支付給一個名叫杜維恩的人，或者支票是由他開的。」

「我想，是支付給這人的，」白羅說，「如果我沒有記錯，這是雷諾先生的筆跡。」

把紙片上的筆跡跟書桌上的備忘錄一比較，就證實了白羅的話。

「哎呀，」局長嘟囔著，有點兒氣餒。「我真是不敢相信，我竟然會疏忽了這麼重要的線索。」

白羅笑了起來。

「這個教訓告訴我們，不能放過地毯下面的任何東西！我的朋友海斯汀會告訴你們，不論什麼東西，只要有一點點的歪斜不正，我就受不了。我一望見那壁爐前的地毯斜了，就對自己說：『啊！那一定是在移動椅子時被椅腳挪歪了，也許在那下面會有些什麼東西被能幹的芙朗索遺漏了呢！』」

「芙朗索？」

「要不然就是丹妮斯，或是萊奧妮，總之就是打掃這個房間的人。既然沒有灰塵，那表

17 法語，意思是「太好了」。

示這房間在今天早晨一定是打掃過的。我把事情的經過照這樣來重新組織一下吧：昨天，也可能昨夜，雷諾先生開了一張支票，抬頭是一個名叫杜維恩的人。後來這張支票被撕碎，散落在地上。今天早晨……」

此時，貝克斯先生已經按捺不住地在拉鈴了。

芙朗索應召前來。是的，地板上有好多紙片。你把那些紙片怎麼處理了？當然放進壁爐裡去了，不然該怎樣？

貝克斯做了一個失望的手勢，把她打發走了。隨即，他面露喜色，奔向書桌那兒。一時之間，他急忙翻著死者的支票簿。接著又做了一個失望的手勢，因為最後一張支票存根是空白的。

「別氣餒呀！」白羅喊道，一面拍拍他的背。「雷諾夫人會告訴我們這個名叫杜維恩的神祕人物是誰。」

局長臉上的陰霾消散了。

「這倒是，我們這就開始吧。」

我們轉身離開房間的時候，白羅漫不經心地說了一句：「雷諾先生昨晚是在這兒會客的吧？」

「是呀……可是你怎麼知道的？」

「根據這個。我是在皮椅的椅背上發現的。」

他的大拇指和食指之間捏著一根長長的黑髮——一根女人的頭髮。

貝克斯先生帶著我們從宅邸的後門出去，走向一個緊鄰宅邸的小庫房。他從口袋裡取出鑰匙，把門打開了。

「屍體就在這兒。在你到達之前，我們才把它從現場移到這兒，因為攝影師已經拍了照片。」

他打開門，我們走了進去。被害人躺在地上，上面覆蓋著一塊白布。貝克斯先生敏捷地揭開遮屍布。雷諾中等身材，身形細瘦柔軟，大約五十歲，黑色頭髮中夾雜著不少銀白色髮絲。他鬍子刮得光光的，長長的瘦削鼻子，兩眼距離頗近；就和在熱帶陽光下度過大半生的人一樣，皮膚呈古銅色。雙唇朝兩邊拉緊，露出了牙齒，死灰色的臉上呈現出極端驚愕、恐懼的表情。

「看他的臉，就知道是被人從背後戳死的。」白羅說。

他輕輕地把死者翻過了身。在背部肩胛骨中間的那一部分，有一大塊深色的印子沾染了淺褐色大衣，而在那一大片血漬的正中央有一個筆直裂口。白羅仔細地察看著。

「你覺得做案的凶器是什麼東西？」

「凶器當時就留在傷口中。」

局長把手伸進了一個大玻璃缸。裡面有件小東西，在我看來非常像一把裁紙刀；黑色的柄，刀口很窄，閃閃發亮。這刀總長不到十吋，白羅用指尖小心翼翼地試著變了色的刀尖。

「說實在滿鋒利的！用來殺人倒是挺靈巧，也很方便哪！」

「遺憾的是，上面找不到指紋，」貝克斯帶著惋惜地說，「凶手一定是戴著手套。」

「當然囉，」白羅用不屑一談的口吻說，「不只是聖地牙哥人懂得這個訣竅，就連最外行的英國小姐也懂，這都得感謝報紙上對貝迪永人體識別法[18]的大肆宣傳。不管怎麼說，沒有指紋，這倒引起我很大的興趣。其實留下指紋是再簡單不過的事情。而且這樣一來，警察可就開心了。」他搖晃著頭。「我擔心的是，我們的罪犯不是個有條理的人，或者是他時間上來不及。不過這等以後再說吧。」

白羅將屍體恢復了原來的狀態。

「原來他大衣裡面只穿著內衣呀！」他說。

「是啊，這一點檢察官也感到不可思議。」

正當此時，貝克斯身後關著的門上傳來了輕叩聲。他跨前一步把門打開，芙朗索站在那兒，像個好奇的餓鬼向庫房內四處張望。

「嗯，什麼事？」貝克斯不耐煩地問。

「夫人要我來送個口信。她已經好多了，正準備見檢察官。」

「好吧，」貝克斯先生很快地說，「去通知阿于特先生，我們也會馬上就到。」

白羅停留了一會，回頭望著那屍體。這時，我本以為他打算向它大喊，大聲宣布他一定會把案子查個水落石出，不然絕不罷手。可是當他一開口時，不僅語聲含糊，內容跟當時肅穆的情景更是格格不入，簡直令人感到可笑。

「他穿的大衣很長啊！」他說這話時的聲音很不自然。

18 貝迪永人體識別法（Bertillon system）是由法國人類學者貝迪永（Adolphe Bertillon, 1853-1914）所提出，即根據年齡、骨骼比較、結合攝影和指紋等方法辨別個人特徵，其成就被現代稱為「嫌犯辨認技術之父」。

05

雷諾夫人的陳述

我們發現阿于特先生在門廳裡等著我們，隨即和他一起上樓，芙朗索在前頭帶路。

白羅上樓時，一下子走左邊，一下子走右邊，使我摸不著頭緒，後來他裝著怪臉低聲對我說：「難怪僕人都聽得見雷諾先生上樓梯的聲音，原來沒有一塊樓板不吱吱作響，這連死人都會被驚醒過來。」

在樓梯頂端，有一條小小的走道岔了開去。

「那是僕人的房間。」貝克斯解釋道。

我們沿著一條走道繼續向前走，到了盡頭右邊最後一個門口，芙朗索輕輕地敲著門。

一個微弱的聲音招呼我們進去，於是我們走進一間陽光充足的寬敞房間。映入眼簾的是相距不到四分之一哩的一片蔚藍、閃亮大海。

一位身材修長、容貌出眾的女人用坐墊支撐著，躺在一張臥榻上，杜蘭德醫生在一旁扶著。她正值中年，原本烏黑的頭髮現在幾乎成了銀白色，但她的體態在在顯現出精力充沛、意志堅強。你立刻會感到在你面前的，用法國人的話來說，是une maîtresse femme[19]。

她點頭向我們打招呼，神態高貴。

「先生們，請坐。」

我們在椅子上坐下，檢察官的書記也在一張圓桌那裡坐下了。

「夫人，我想請您陳述一下昨晚發生的情況，這樣會不會使您太傷神呢？」阿于特先生開始說道。

「一點也不會，先生。如果想要抓到這兩個惡劣的謀殺者，並且給他們應有的刑罰，我知道時間是寶貴的。」

「很好，夫人。當我向您提出問題，請針對所問的回答就好，我想可以減少一些您的勞累。昨晚您什麼時候上床的？」

「九點半，先生，因為我累了。」

「您丈夫呢？」

「我想大約一小時以後。」

19　法語，意思是「一個剛毅勇敢的婦人」。

「他看上去有點兒心神不寧或心情煩躁嗎？」

「沒有，跟平日差不多。」

「後來呢？」

「我們睡著了，有一隻手緊壓住我的嘴把我驚醒了。我想叫喊，但是喊不出聲。房內有兩個人，都戴了面具。」

「夫人，對這兩個人您能做一些描述嗎？」

「一個是高個子，長長的黑鬍子；另一個是矮個子，身體很結實，鬍鬚紅紅的。兩個人都把帽子拉得很低，遮住了眼睛。」

「嗯！」檢察官沉思地說，「我在想，鬍鬚未免太多了吧。」

「你是說鬍鬚是假的？」

「是呀，夫人。請往下講吧。」

「壓著我的是那個矮個子。他堵住我的嘴，然後用繩索綁了我的手腳。另外一個站在旁邊，俯視著我丈夫。他拿著梳妝台上我那把像匕首的裁紙刀，並用刀尖抵著我丈夫的胸口。那矮個子綁了我之後，就和另一個人一起逼我丈夫從床上起來，跟他們到隔壁的更衣室去。我嚇得幾乎昏死過去，不過我仍盡力聽著他們的對話聲。

「他們講話的聲音很低，我聽不出他們在講些什麼。可是我知道那是一種南美某些地區才用的西班牙土話。他們好像在向我丈夫要什麼，但沒多久他們生氣了，聲音也提高了些，我想是那高個子在說話：『你清楚我們要的是什麼！』他說，『東西呢？在哪兒？』我不知道我丈夫是怎麼回答的。可是另一個惡狠狠地接著說：『你撒謊！我們知道你藏著，你的鑰匙放在哪兒？』」

「接著我聽到抽屜被拉開的聲音。我丈夫的更衣室牆上有個保險箱，他經常在裡面放著相當多的現金。萊奧妮後來告訴我保險箱被搶，錢被拿走了。可是我很肯定的是，他們沒有找到他們要的東西；因為沒多久我聽到那高個子罵了一聲，命令我丈夫把衣服穿上。過了一會兒，我想屋內一定有什麼聲音驚動了他們，因為他們匆匆忙忙地把衣服才穿好一半的他押進房間。」

「Pardon[20]，」白羅插話說，「更衣室沒有別的出口嗎？」

「沒有，先生，只有一扇門通到房間。他們催著我丈夫走過房間，矮個子在前，高個子手握那把裁紙刀跟在我丈夫後面。保羅想脫身到我這裡，我看見他痛苦的眼神。他轉身對著那兩個抓住他的歹徒說：『我得跟她說話。』接著，他來到床邊對我說：『不要緊的，艾洛絲。別怕，我天亮前就會回來的。』雖然他努力想使自己的聲音聽上去很有信心，可是我看得出他恐懼的眼神。他們隨即把他推出房間，那高個子在旁邊說著：『若有一點聲音，就要

20　法語，意思是「請原諒」。

你的命，記住了。』

「這以後，」雷諾夫人接下去說，「我一定是昏死過去了。我記得醒來時是萊奧妮按摩著我的手腕，給我喝白蘭地。」

「雷諾夫人，」檢察官說，「依您看，他們要找的是什麼東西？」

「我完全不知道，先生。」

「您知道您丈夫有什麼害怕的事嗎？」

「一定有的，我可以察覺到他變了。」

「那是多久以前呢？」

雷諾夫人思索著。

「也許十天以前。」

「有可能更早一點嗎？」

「也有可能，不過我是在那時候才注意到的。」

「您有沒有問過您丈夫是什麼原因？」

「問過一次，他避開了。可是，我確信，他因為某種強烈的焦慮而感到痛苦。不過，既然他不願意讓我知道事實真相，我也就裝作什麼都不知道。」

「他曾經請求私家偵探幫忙，這點您知道嗎？」

「私家偵探？」雷諾夫人大吃一驚地驚叫起來。

「是呀，就是這位紳士——赫丘勒·白羅先生。」白羅躬身行禮。「應您丈夫的邀請，他今天才到的。」

白羅從口袋裡取出雷諾先生寫的信，遞給了夫人。

雷諾夫人帶著十分驚愕的神情讀著信。

「這事我一點也不知道。很明顯他是充份意識到自己處境堪虞。」

「現在，我想請求夫人對我坦率些。您丈夫在南美住過，在那裡有沒有發生過什麼事情，可能與他被殺有關？」

雷諾夫人沉思著，但是最後搖搖頭。

「我想不出來。我丈夫當然有不少仇人，比如說，被他這樣那樣占了上風的那些人，可是我想不出明顯的事例。我不能說沒有這類事件，只是我不知道罷了。」

檢察官不安地拂著鬍鬚。

「您能說出暴行發生的時間嗎？」

「可以，我清楚記得壁爐上的鐘敲了兩下。」

她抬頭望著放在壁爐板正中一只皮匣內的鐘，那是一只可持續走八天的旅行鐘。

白羅從座位上站起來，細細察看那只鐘，接著點點頭，露出很滿意的樣子。

「這兒還有一只手錶，」貝克斯先生驚呼道，「無疑是被兇手從梳妝台上打落到地上的，已經摔得粉碎了。他們不知道這錶對他們將是不利的證據。」

他輕輕地把玻璃碎片撥開撿起錶來，臉色陡變。

「天哪！」他呼叫道。

「什麼事？」

「錶的時針指著七點。」

「什麼？」檢察官感到愕然，喊了一聲。

但是白羅像往常一樣的敏捷，從吃驚的局長手裡接過那只損壞的錶，把它貼在耳邊，他笑了。

「玻璃碎了是沒錯，可是錶還在走呢。」

檢察官聽到白羅的解釋，寬慰地笑了笑，但是又向他提出了另一個問題。

「不過現在一定不是七點鐘。」

「對，」白羅輕聲說，「現在才剛過五點，也許這錶快了，是吧，夫人？」

雷諾夫人困惑地皺著眉頭。

「錶的確有快，」她承認說，「不過我從來不知道快得這麼多。」

檢察官做了一個不耐煩的手勢，撇開錶的問題繼續問話。

「夫人，前門是半開著的。看來凶手很可能是從那裡潛入的，但又不像是硬闖，您能提供什麼線索嗎？」

「也許是我丈夫後來出去散步，回來時忘了把門關上。」

「這種情況有可能嗎？」

「很有可能，因為我丈夫常常心不在焉。」

雷諾夫人說這話時眉頭微微蹙起，似乎她丈夫的這點性格難免使她心煩。

「我想可以先做一個結論，」局長突然說，「既然這兩個暴徒堅持要雷諾先生把衣服穿好，看來他們要帶他去的地方，也就是說藏著『東西』的地方離這兒有段路。」

檢察官點點頭。

「是的，有點遠，但也不算太遠；因為他說過天亮以前就回來的。」

「末班車是什麼時候離開梅蘭維車站？」白羅問道。

「朝一個方向是十一點五十分，往另一個方向則是十二點十七分。不過很有可能有車接應他們。」

「當然。」白羅表示同意，他有些沮喪的樣子。

「說真的，那倒也是追蹤他們的一個途徑。」檢察官說，臉色豁然開朗。「一輛載有兩個外國人的汽車足夠引人注意的。貝克斯先生，這一點提得真好。」

他微笑了一下，但再對雷諾夫人說話時，表情又嚴肅起來。

「還有一個問題，您認識一個名叫杜維恩的人嗎？」

「杜維恩？」雷諾夫人陷入思考地重複著這個名字，「不，我暫時不能確定。」

「您從來沒聽您丈夫提起過這個名字嗎？」

「沒有。」

「那您認識一個叫貝拉的女人嗎？」

檢察官說這話時，特別仔細觀察著雷諾夫人的神色，希望在出其不意之下，找出她動怒或認識這人的蛛絲馬跡，但她僅僅搖了一下頭，神情自若，並沒有變化。他接下來又問道：「昨天晚上您丈夫接見過一位客人，這事您知道嗎？」

這時，他看到她雙頰浮起一陣紅暈，但是她鎮靜地回答道：「不知道，那是誰？」

「一位小姐。」

「真的？」

可是此時檢察官不願再多說什麼。看來多布勒夫人不像和這次罪行有什麼關聯，除非必要，他不想使雷諾夫人感到難堪。

他向局長做了個暗示，後者點頭同意。接著他起身穿過房間，回來時手裡拿著我們在庫房裡看到過的那個玻璃缸，他從缸中取出了凶器。

「夫人，」他輕聲說，「這東西您認得嗎？」

她輕輕叫了一聲。

「認得，那是我的一把小裁紙刀。」然後她看著那沾汙的刀尖，身子向後退著，眼睛因為恐懼睜得大大的。「那是……血？」

「是的，夫人。您丈夫是被人用這刀刺死的。」他匆忙地把刀子移開，「您可以十分肯定，這就是昨晚放在您梳妝台上的那一把小刀嗎？」

「啊，是的，那是我兒子送給我的一件禮物。大戰期間他在空軍服役，當時他虛報了年齡。」她的聲音中有一種為人母親的驕傲。「這是用流線型飛機的金屬片製成的，是兒子送給我的戰爭紀念品。」

「原來是這樣，夫人。那是我們另外一個問題：你的兒子現在在哪裡？必須給他打封電報，要盡快，不能耽誤。」

「傑克嗎？他正在去布宜諾斯艾利斯的路上。」

「什麼？」

「是的，我丈夫昨天曾打電報給他。本來是派他去巴黎辦事，可是昨天他發現必須先讓傑克立刻趕去南美。而昨天晚上有一艘從瑟堡開往布宜諾斯艾利斯的船，他就打電報給他，要他搭這條船。」

「你知道他去布宜諾斯艾利斯辦什麼事嗎？」

「不，先生，我不知道是什麼事。不過布宜諾斯艾利斯不是我兒子的最終目的地，到了那兒他還得從陸路去聖地牙哥。」

檢察官和局長異口同聲地喊道：「聖地牙哥！又是聖地牙哥！」

正當大家因為又聽到這個地名而驚訝不已時，白羅走近雷諾夫人。他本來一直站在窗戶那裡，像置身夢幻般的迷惑，而剛才所發生的一切，他到底有沒有真正留意，我有些懷疑。

他在夫人旁邊站住，並行了禮。

「請原諒，夫人，我可以看一下您的手腕嗎？」

雷諾夫人對這個請求感到有些唐突，但她還是把手伸了過去。兩隻手腕的周圍都有很深的傷痕，顏色紅紅的，說明綁著的繩索都陷到皮肉裡去了。他仔細察看時，我感覺到本來在他眼中的興奮光芒消失了。

「這一定使您很痛吧。」他說著，流露出茫然不解的神情。

但是檢察官卻激動地說道：「必須立即打電報給傑克先生，打聽有關聖地牙哥之行的一切，我們應該做深入的了解，這一點是個關鍵，」他躊躇了一下，「真希望他離這裡不遠，這樣可以減少一些您的痛苦，夫人。」他停了下來。

「你是指要辨認我丈夫的遺體嗎？」她低聲說。

檢察官點了點頭。

「先生，我是個堅強的人。凡是必要的程序，我都承受得了。我準備好了……來吧。」

「唔，明天還不算太晚，我向您保證……」

「還是去辨認一下的好，」她說話的聲音很低，一陣痛苦的痙攣掠過她的臉。「醫生，請扶我一下吧。」

醫生趕緊走上前來，女僕把一件斗篷給雷諾夫人披上了，於是一行人緩緩走下樓梯。貝克斯先生趕在前頭先打開了庫房的門。沒多久，雷諾夫人出現在門口。她臉色慘白，但顯得果斷堅毅。她兩手捧著臉。

「等一等，先生，先讓我鎮定一下。」

之後她移開雙手，俯視著屍體。這時，本來一直支撐著她的那種堅強自制力一下子就消失了。

「保羅！」她呼喊著，「我最親愛的……啊！啊，上帝。」向前一撲，她跌倒在地上，失去了知覺。

白羅立即跑到她身邊，翻開她一隻眼睛的眼瞼，按著她的脈搏。當他確認她真的是昏過去了，才滿意地退在一旁，緊緊抓住了我的肩膀。

「我真是個糊塗蟲，我的朋友！若要說在女人的聲音中充滿著愛意和悲痛的話，我剛才聽到的算是最真摯的了。我那小小的靈感全錯了。好吧！我必須從頭開始！」

06 現場

醫生和阿干特先生兩人把那失去知覺的婦人抬進屋裡，局長在後面看著他們，搖著頭。

「Pauvre femme[21]，」他喃喃自語，「這個打擊對她太大了。哎，我們卻無能為力。白羅先生，我們現在去看一下命案現場如何？」

「請吧，貝克斯先生。」

我們穿過宅邸，由前門走出。經過樓梯時，白羅抬頭看了一眼，很不解地搖了搖頭。

「如果說僕人們什麼聲音也沒聽到，那簡直令人難以置信。那座樓梯吱吱作響，有三個人從上面走下來，連死人都會驚醒呢！」

「但是你別忘了，那是發生在半夜裡，當時大家都睡得很熟呢。」

但白羅還是搖著頭，似乎不太能接受這種解釋。到了車道的轉彎處，他停了下來，又抬頭望著屋子。

「為什麼他們會先試試門有沒有鎖上？這樣做太不合情理，若是先試著把窗撬開那還比較說得通。」

「可是底層的窗戶都有鐵製百葉窗擋著呀。」局長表示不同看法。

白羅指著二樓的一扇窗戶。

「那是我們剛才出來的房間，對吧？你看，靠窗那裡有一棵樹，從樹上爬過去不是更容易嗎？」

「也許是吧，」局長承認，「可是這樣的話，他們非得在花壇裡留下腳印不可了。」

我覺得他的話有理。在通往前門的台階兩旁，各有一個橢圓形的大花壇，裡面種著鮮紅的天竺葵。靠窗那棵樹的樹根就在花壇後面，要走到樹根前就必須先踩上花壇。

「你看，」局長繼續說，「因為天氣乾燥，車道和小徑上都沒有留下什麼腳印。可是如果踩在花壇的鬆軟泥土上，那又另當別論了。」

白羅走近花壇仔細察看。正如貝克斯先生所說，那泥土很平整，看不出任何一處有凹陷的痕跡。

白羅點點頭，貝克斯的話似乎說服了他。我們轉過身去，可是白羅突然又走開，開始察

21　法語，意思是「可憐的婦人」。

看另一個花壇。

「貝克斯先生！」他叫道，「你看這邊，有好多腳印。」

局長走到他身旁，微笑著。

「親愛的白羅先生，毫無疑問，這些都是花匠平日腳穿大釘靴的腳印。不論如何都無所謂，因為這邊沒有樹，所以也無法爬到上面的那層樓。」

「沒錯，」白羅說，顯得很沮喪。「所以你認為這些腳印無關緊要嗎？」

「根本不重要。」

接著，白羅卻說：「我不同意你的看法。我有點小小意見：這些腳印是截至目前為止，我們所看到最重要的線索。」

這番話著實令我感到意外。

貝克斯先生不吭聲，只聳了聳肩。他太拘禮，沒有把自己真正的想法說出來，相反的，他問道：「我們要往前走嗎？」

「當然，這些腳印我以後再調查吧。」白羅愉快地說。

貝克斯先生不是順著車道走向大門口，而是走上向右岔開的一條小徑。小徑有緩坡向上轉到宅邸的右側，兩旁是一片灌木。突然小徑通向一塊小小的空地，在那裡可以看見海景。空地上設有座位，不遠處有間搖搖欲墜的庫房。再走幾步路是一排整齊的矮樹，標示著熱內維芙別墅的地界。貝克斯先生從矮樹中穿越過去，我們突然發現置身在一片寬闊草地上。我環顧周圍，看到了一種景致，使我吃驚不已。

「呃，這是個高爾夫球場。」我叫喊道。

貝克斯點點頭。

「球場還沒有竣工，」他解釋道，「原打算在下個月的某一天開放的，那屍體就是清早被球場上的工人發現的。」

我倒抽了一口氣。之前，我並沒有注意到，緊鄰我左邊有一個狹長的坑洞，裡面躺著一個臉朝下的男人！頓時，我的心開始劇烈跳動，我不由得胡思亂想起來——不會是悲劇重演了吧？突然局長打斷了我的思緒，他走上前去，惱怒地厲聲喊道：「那些警察呢？他們曾接到嚴格的命令，若沒有正式的證件，什麼人都不准走近球場。」

那躺在地上的人轉過頭來。

「可是我有證件，」這人一邊說著，一邊緩慢地從地上爬了起來。

「原來是親愛的吉羅先生。」局長叫道，「我沒想到你這麼快就到了，檢察官已經等你等得不耐煩了。」

正當他在說話時，我很好奇地打量著那張新面孔。這位巴黎保安局派來的名探，我是早聞其名，如今能見到他本人，使我感到倍加興奮。他個子很高，三十歲左右，褐色頭髮，頗有軍人架式。他的舉止傲慢，顯示了他的自以為是。貝克斯為我們互相做了介紹，表示白羅也是這次的工作夥伴，這位偵探的眼睛閃著感興趣的光芒。

「我聽過你的名字，白羅先生。」他說，「以前，你確實是號人物，是吧？不過現今辦案的方法可大不相同了。」

「說得沒錯，不過犯罪還是犯罪呀。」白羅輕聲說。

我看吉羅並不友善，他不願意跟白羅合作。我覺得如果他發現了什麼重要線索，他一定不會告訴別人。

「檢察官……」貝克斯又開口了。

可是吉羅粗魯地打斷了他。

「檢察官又如何？光線才是最重要的。看情形大約再過半小時天就黑了。這案發現場我已經都清楚了。至於那家子的人，等到明天再偵訊也不遲。可是，若想要發現和凶手有關的線索，就只有這個地方了。是你的警察在這個地方隨處亂走的嗎？我還以為他們現在更具備專業知識了呢。」

「他們當然懂，你抱怨的那些腳印，是發現屍體的工人留下的。」

吉羅厭惡地嘟囔了一下：「我能看出他們三人穿過籬笆走進來的足跡——他們可真狡猾，你一眼就可以辨認出中間的腳印是雷諾先生的，但是兩旁的腳印已經被小心地擦掉了。這表示在這堅實的地面上已找不出更多線索，但總不能讓他們輕易地就騙了過去。」

「外部的線索，」白羅說。「你要找的就是這個，對吧？」

那一位警探瞪了他一眼。

「當然囉。」

白羅的嘴邊浮現出一絲微笑，他似乎想說些什麼，可是自己又克制住了。他彎下身體，腳邊正平放著一把鐵鏟。

「這是用來掘墓的，不會錯的，」吉羅說，「可是從這上面你是得不到任何線索的。這是雷諾自己家的鐵鏟，而且使用鐵鏟的人都戴著手套呢，喏，這就是。」他用腳尖點著留有兩隻沾滿泥土的手套的地方。「這也是雷諾的……不然也是他花匠的。我告訴你，策畫做案的人是不會冒任何風險的。這個人是被人用他自己的小刀給戳死的，而且凶手本來的計畫，也是要用死者自己的鐵鏟來埋葬。他們行事周詳，沒有留下什麼痕跡，可是我一定要找出他們的破綻。一定有留下什麼蛛絲馬跡！我一定會找到。」

但是白羅這時顯然對別的東西感到興趣。那是一小段變色的鉛管，就在鐵鏟旁邊，他輕輕用手指碰了一下。

「那麼這也是屬於被害者的囉？」他問道。

我察覺到這個問題中含有隱約的譏誚。

吉羅聳聳肩，表示他不知道，也不屑一顧。

「說不定它放在這兒已有好幾個星期。反正，我不感興趣。」

「正好相反，我覺得它非常耐人尋味。」白羅平靜地說。

我猜他只是想惹那個巴黎來的警探生氣。要真是這樣，他也確實達到目的了。吉羅憤怒地轉過身去，一邊說他沒有時間可以浪費，一邊又彎下身去繼續察看地面。

這時候，白羅似乎靈機一動，退到地界的這一邊，試圖推開小庫房的門。

「鎖上啦，」吉羅轉過頭來說，「那只是花匠放置雜物的地方，鐵鏟不是從那裡拿的，是從宅邸那邊的工具間拿來的。」

「了不起，」貝克斯欣喜若狂地對我低語道，「他才剛到半小時，但是什麼都已瞭如指掌了。這真是了不起呀！吉羅無疑就是當今最偉大的偵探。」

儘管我心裡對這人沒有一絲好感，但是不可否認地，對他也不免深感佩服。看來他工作效率甚高。我不禁想到，到目前為止，白羅還沒提出讓人稱讚的見解，在這一點上我感到有些懊惱。他的注意力好像全集中在跟案件無關的蠢事上。就在此時，他突然問道：「貝克斯先生，請告訴我，這一條圍著墓穴繞的白粉線是做什麼用的？是警察畫的嗎？」

「不，白羅先生，這是蓋高爾夫球場的人畫的，表示這兒有個沙坑。」

「沙坑？」白羅轉向我。「那麼是一個不規則的洞，裡面填滿了沙，一側聳起，是吧？」

我說是。

「那雷諾先生一定會打高爾夫球囉？」

「是呀，他是個高爾夫球迷。主要是因為他個人和他的大筆捐款，才能修建這個球場，他甚至對設計還發表過意見呢。」

白羅沉思地點點頭，接著又說：「若要當作埋葬屍體的地方，他們可選錯了。只要工人開始挖掘地面，那一下子什麼都會被發現。」

「是的，」吉羅得意地說道，「所以這就證明他們不是本地人，這是最棒的佐證啊。」

「是啊，」白羅懷疑地說著，「但只要是稍微有常識的人，就根本不會把屍體埋在這裡——除非他們就是要人們早點發現它，但那顯然很不合常理，不是嗎？」

吉羅甚至不願回答。

「是的，」白羅用略帶不滿的口吻說，「是啊，毫無疑問的……不合常理！」

07 神祕的多布勒夫人

當我們走回宅邸時，貝克斯先生跟我們分開了，他說他必須立刻報告檢察官吉羅已到。當白羅表示任何他想看的東西他都已看到時，吉羅顯得相當高興。我們離開球場時，最後看到的是吉羅正在地上匍匐著，進行更徹底的搜尋，這情景讓我不得不欽佩他。白羅猜中我的想法，因為一等到只有我們兩人單獨在一起的時候，他就譏諷地說：「你總算遇到傾慕的偵探了——一頭擁有人性的獵犬！不是嗎，我的朋友？」

「不管怎麼說，他很努力啊，」我故意說，「真有什麼重要線索，那一定會被他找到。但是你……」

「好哇！不過我也找到很重要的線索呀——一段鉛管。」

「那才不是呢，白羅。你很清楚那跟案情根本毫不相關。我指的是真正的線索——那種保證可以追查到凶手的東西。」

「我的朋友，兩呎長的線索和兩釐米長的線索同樣有價值！但若說重要線索一定是難以察覺的，那就不切實際了。你說這段鉛管跟案情絲毫無關，那也只是因為吉羅這麼說了，你也就不疑有他。好了，」（我正要插進一句話。）「別再說了。讓吉羅去找他要的吧，我有自己的想法。這案件似乎很簡單，可是……可是，我的朋友，我還是無法信服！你知道為什麼嗎？因為那手錶快了將近兩小時，而且仍有幾個小小的疑點還拼湊不起來。比方說，如果凶手的目的是報仇，那他們為什麼不趁雷諾熟睡時對他下手，這不就好了嗎？」

「他們要的是『那樣東西』。」我提醒他。

白羅帶著不認同的神情拂掉衣袖上的一點灰塵。

「唉，『那樣東西』又在哪兒呢？假設那地方有些遠——因為他們要他把衣服穿好——最後他卻在近處遭到毒手，幾乎是近在咫尺而已。再說，這樣一把可殺人的小刀就這麼隨意放在桌上，如此唾手可得，這也未免太過巧合了吧。」

他停住了，蹙著雙眉，又接下去說：「為什麼僕人們半點聲音也沒聽到？他們被下了藥嗎？還是說有內賊？難道說那內賊計畫好了要讓門開著？我想是不是……」

他突然又停下了。我們走到了宅邸前面的車道，他無預警地轉向我。

「我的朋友，我一定要讓你嚇一跳——也讓你樂一樂！我可是把你的訓誨謹記在心喲。我們再去檢查一下腳印吧！」

「哪邊的？」

「就是右邊的花壇。貝克斯先生說那是花匠的腳印。我們來看看是否真是這樣。你看，他推著獨輪車來了。」

的確，有個上了年紀的人正推著一車子的樹苗穿過車道。白羅向他打個招呼，那人就停下小車，行動不便地朝我們走來。

「你打算向他要隻靴子來跟腳印做比較嗎？」我氣喘吁吁地問。

此時我對白羅的信心又恢復了一點。既然他說這右邊花壇上的腳印很重要，那就當它們很重要吧。

「正是如此。」白羅說。

「不過他不會感到奇怪嗎？」

「他根本不會這麼想。」

我們停止對話，因為那老人已走近了。

「先生，你叫我有什麼事嗎？」

「是的。你在這裡當花匠很久了吧？」

「先生，我在這裡已經待了二十四年。」

「你的名字是……」

「我叫奧斯特，先生。」

「我剛才正欣賞著這些美麗的天竺葵呢，實在太美了，已經種了很長一段時間吧？」

「有些時候了，先生。當然啦，想要使這些花壇保持美觀，必須不時除去枯掉的草葉，補種一些新的品種，另外還得把快凋謝的花摘乾淨才行。」

「你昨天栽上了些新品種，對吧？這個花壇中間有一點，另一個花壇裡也有。」

「先生很內行呀，要等上一兩天以後花苗才能長好。是呀，昨晚我在每個花壇裡各種了十棵新品種。先生，你一定知道，出太陽的時候是不適合栽種的。」奧斯特很高興白羅對花有興趣，因此很樂意多談。

「那是一種上等的品種，」白羅指著說，「我可以把它剪下來嗎？」

「當然了，先生。」

老人踏進花壇，小心地從白羅喜歡的那株花上剪了一段。

白羅一再道謝，奧斯特朝小車走去。

「你看到了嗎？」白羅微笑說，一邊仍俯視花壇，察看花匠的釘靴所留下的鞋印。「很簡單。」

「我還不是很清楚……」

「你了解到腳是穿在靴子裡的嗎？你沒有好好運用你那不凡的智慧呢。哎，你看看這個腳印。」

我仔細看著花壇。

「這花壇裡的腳印都是同一個人的。」經過仔細察看後，我這樣回答。

「你認為是這樣？好吧！我同意你的看法。」白羅說。

他看來似乎興趣缺缺，好像心中在想著別的事情。

「不管怎麼說，」我說，「現在你的帽子裡少了一隻蜜蜂吧？」

「天哪！你怎麼這樣說？這是什麼意思？」

「我的意思是說，這下子你對這些腳印不會再感到興趣了吧。」

可是令我吃驚的是，白羅卻在搖頭。

「不，不，我的朋友，我總算走對了路。本來我還在困惑中，但剛才我曾向貝克斯先生暗示過，這些腳印才是整個案件中最重要、最耐人尋味的線索！可憐的吉羅，如果說他對這些腳印一點都不在意，我也不會感到意外。」

這時前門打開了，阿于特先生和局長走下台階。

「啊，白羅先生，我們正在找你呢。」檢察官說，「天快黑了，但我想去拜訪一下多布勒夫人。當然啦，她對雷諾先生的死一定十分難過。運氣好的話，也許我們會從她那兒得到一些線索。那個祕密他沒有告訴過他的妻子，卻有可能告訴那個讓他成為愛情俘虜的女人。我們知道我們這位參孫[22]的弱點，不是嗎？」

談到這裡，我們結伴而行。白羅和檢察官一起走，局長和我跟隨在後。

「毫無疑問，芙朗索說的話基本上是正確的。」他以確信的口吻對我說，「我剛才打電話給總部。看來過去的六個星期，多布勒夫人曾三次把大筆現鈔存入銀行帳戶，也就是自從雷諾先生來到梅蘭維以後，總共約有二十萬法郎呢！」

「天哪！」我計算著，「那足足有四千英鎊呀。」

「是的，就是這麼回事。他一定是被她迷住了，可是他是否有把祕密告訴她還說不定。檢察官是滿懷信心，不過我不太同意他的看法。」

我們一路談著，不久便走到下午我們汽車曾路過的地方。我這才想到，這瑪格雷別墅，即那位神祕的多布勒夫人的家，不就是我和白羅看到那位美女的那座小房子嗎？

「她已經在這兒住了好多年，」局長朝那房子示意，「生活得很寧靜，不會特別引人注意。除了在梅蘭維有幾個認識的人之外，她好像沒有別的親戚，朋友也很少。而且她從來不提自己的過去，也不提她的丈夫。大家都不知道他是死是活。你了解嗎，這是一個神祕的女人喔！」

我點點頭，他的話使我感到興趣。

「那麼……她女兒呢？」我鼓起勇氣問道。

「那也是一個美麗的女孩，文靜乖巧、端莊有禮，簡直無法形容的好。人們心裡都同情她，雖然她也許不知道自己的身世，可是想向她求婚的人總是會到處打聽，這麼一來……」

22 參孫（Samson），《聖經》中的人物，以身強力大著稱，後因受到妖婦大利拉的誘惑成為愛情的俘虜，最後終究被她出賣。

局長嘲諷似地聳了聳肩膀。

「但這不是她的錯呀！」我憤憤不平地喊道。

「對。換作是你又會怎麼做？男人對妻子的家世總是愛挑剔的呀。」

我們已走到了門口，所以也就不再爭辯下去。阿于特先生按著門鈴。幾分鐘後，我們聽到裡面的腳步聲。門開了，站在門邊的正是那天下午我們看到的年輕女孩。她一看見我們，臉色頓時變得慘白，毫無血色，眼神充滿了恐懼，睜得大大的。不用解釋，她很害怕！

「多布勒小姐，」阿于特先生脫帽說道，「非常抱歉前來打擾，請你原諒，事關重大。請向夫人——你的母親問候，不知是否能打擾她幾分鐘？」

女孩愣了一下，左手按著胸，好像要克制住一陣難以控制的激動。但她旋即鎮靜下來，低聲說：「我去告訴她，請進。」

她走進門廳左邊的一個房間裡，我們聽到她的低語，接著是另一個女人的說話聲，和她相似，但圓潤中透著生硬。

「當然可以，請他們進來吧。」

一分鐘後，我們就與這位神祕的多布勒夫人面對面坐著了。

她的個子比女兒矮些，身材豐滿，全身散發著成熟女人的魅力。她的髮色和女兒不同，烏溜溜的，中分，把頭髮分成兩邊，梳著高貴聖母式的髮型，低垂的眼瞼半遮著那蔚藍的眼珠。儘管她保養得很好，仍看得出她確實不年輕了，不過風韻不因年齡的增長而有所減少。

「先生，你有事要見我嗎？」她問道。

「是的，夫人。」阿于特先生清了清嗓子說，「我正在調查雷諾先生的命案，你一定聽說了吧？」

她垂下頭，不發一語，仍保持原來的表情。

「我們來是想了解，你能不能……嗯，提供和這案件有關的一些線索？」

「我？」她大吃一驚地問。

「是的，夫人。我們有理由相信，夫人經常在晚上到別墅去拜訪被害人，這點我沒有說錯吧？」

夫人蒼白的雙頰浮起了紅暈，但她仍然鎮靜地回答道：「你沒有權利向我提出這樣的問題！」

「夫人，我們是在偵查一起謀殺案。」

「嗯，那又怎麼樣？謀殺案跟我沒關係。」

「夫人，我們暫時不談這個。但你和死者很熟，他是否說過有什麼事情威脅著他？」

「從來沒有。」

「他有沒有提到過他在聖地牙哥的那段生活，或是他在那兒的仇人？」

「沒有。」

「那麼你什麼也不能幫我們嗎？」

「我怕我是無能為力。我真不明白，為什麼你們要找我。難道他的妻子不能告訴你們那些事嗎？」她的話中略帶譏諷的語氣。

「雷諾夫人已經把她所知道的都告訴我們了。」

「啊！」多布勒夫人說，「奇怪……」

「你奇怪什麼，夫人？」

「沒什麼。」

檢察官望著她。他知道將有一場心理戰要打，而且所面對的可不是個容易應付的對手。

「你仍堅持，雷諾先生沒有把祕密告訴過你嗎？」

「為什麼你認為他一定會把祕密告訴我？」

「因為，夫人，」阿于特先生故意冷酷無情地說，「有時男人不願意對妻子說的話，是會告訴他的情婦的。」

「啊！」她站了起來，兩眼充滿憤怒。「先生，你竟敢侮辱我，還當著我女兒的面！我什麼都不告訴你，請馬上離開我的房子！」

毫無疑問她現在占了上風。我們就像一群丟臉的小學生，被迫離開了瑪格雷別墅。檢察官自己一人氣憤地低聲咒罵著；白羅似乎陷入了沉思，突然，他從沉思中醒了過來，問著阿于特先生附近有沒有好的旅館。

「鎮的這一邊有個小房子，叫貝氏旅館，就在往這條路再下去數百碼。這個距離對你偵查案件倒是挺方便的。那麼，我想，我們明天早上見了。」

「好，謝謝你，阿于特先生。」

我們互相致意後就分手了。白羅和我向梅蘭維走去，其他幾位則回去熱內維芙別墅。

「法國警察的效率真的不錯。」白羅望著他們的背影說：「他們對人民所搜集的人身資料真是驚人的完整，甚至連最細微的也不放過。雷諾先生到這兒才六個多星期，他們對他的興趣、愛好就了解得一清二楚。而且在短時間內，他們還能提出多布勒夫人銀行存款的流動資料，以及她最近存進銀行的款項數目！毫無疑問的，資料庫是個了不起的發明呢。嗯，那是什麼？」他忽然轉過身子。

一個沒有戴帽子的身影順著馬路向我們跑來——是瑪塔・多布勒。

「請你們原諒，」她跑近我們時，氣喘吁吁喊著。「我知道，我……我不應該這樣做，但你們可別告訴我母親。有人說，雷諾先生去世前曾請來一位偵探，這是真的嗎？那……那人就是你嗎？」

「是的，小姐，」白羅溫和地說，「的確如此。不過你怎麼知道的？」

「芙朗索跟我們的阿米莉說的。」瑪塔靦腆地解釋道。

白羅做了個鬼臉。

「這種事想要保密簡直辦不到，不過這倒也不要緊。呃，小姐，你想知道些什麼？」

女孩猶豫著，她想說，又不敢說，最後才用近似耳語的低聲問：「有誰被懷疑嗎？」

白羅敏銳地注視著她。然後，他迴避地回答：「小姐，案情還未明朗呢。」

「是的，我知道。不過……有沒有什麼具體的……」

「你為什麼要知道這個？」

經白羅這一反問，好像反而把女孩嚇住了。突然，我想起白羅那天形容她的一句話——「一個眼神慌張的女孩」。

「雷諾先生平時對我很好，」她最後回答說，「我關心他也是很自然的。」

「原來是這樣。」白羅說，「呃，小姐，目前懷疑集中在兩個人的身上。」

「兩個人？」

我可以發誓，她的聲音中既帶著吃驚，也包含有寬慰的意思在。

「這兩個人的名字還不知道，姑且說他們是從聖地牙哥來的智利人吧。哦，小姐，你知道年輕貌美有什麼好處了吧？我已經把職業上的祕密向你洩漏了。」

女孩愉快地笑了出來，然後不好意思地向白羅致謝。

「現在我得回去了，我媽會找不到我的。」

她轉過身去，一路跑著，真像個現代的亞塔蘭特[23]。我目不轉睛地望著她。

「我的朋友，」白羅輕聲挖苦我說，「就因為你看到了一位美麗的女孩而意亂情迷，我們就得整晚杵在這兒不成？」

我笑著辯解道：「可是她真美呀，白羅，任誰被她弄得神魂顛倒都是情有可原的。」

不過，讓我驚訝的是，白羅卻認真地搖著頭。

「啊，我的朋友，可別把你的心思放在瑪塔．多布勒的身上。那個女孩不是屬於你的，你接受白羅老爹的誠摯忠告吧！」

「呃，但是局長曾向我說，她既善良，又美麗，是個十全十美的天使！」

「我所知道的幾個重大案件的罪犯，都有著天使般的面孔呢。」白羅興致勃勃地說，「不走正路的灰色腦細胞，很容易和聖母般的容貌相搭配。」

「白羅，」我叫道，感到毛骨悚然，「你不能懷疑這麼一個無辜的女孩！」

「啊，啊！你別激動！我沒說我懷疑她。可是你得承認，她急於想要了解這個案件是有些反常的。」

「總算有這麼一次我看得比你清楚，」我說，「她不是為了自己，而是為母親著急。」

「我的朋友，」白羅說，「跟往常一樣，你什麼也沒看到。多布勒夫人很能照顧自己，不需要女兒為她操心。我承認，剛才我是在戲弄你，不過我還是要重複我曾說的那句話：別把你的心思放在那女孩身上，她不適合你！我赫丘勒．白羅知道。Sacré[24]！真希望我能回

23 亞塔蘭特（Atalanta），希臘神話中的女子，擅長賽跑，凡向她求婚的人必須在賽跑中勝過她，否則將被殺死。

24 法語，意思是「該死的」。

想起我在哪兒看過那張臉！」

「誰的臉？」我吃驚地問，「女兒的？」

「不，母親的。」

白羅看到我吃驚的神色，斷然地點著頭。

「真的……就像我對你說的。那是在很久以前，當時我還在比利時警局。我並沒有真正見過這個女人，但是我曾看過她的照片……跟某一宗案件有關聯。我想……」

「什麼？」

「我可能錯了，不過我想，那應該是一件凶殺案！」

08 偶遇

次日清早，我們來到了熱內維芙別墅。門口的守衛這次不再擋著我們，相反地，他還恭敬地向我們行禮。我們走向宅邸，女僕萊奧妮正從樓梯上下來，她看來並不排斥來段短短的談話。

白羅向她詢問雷諾夫人的健康情況。

萊奧妮搖搖頭。

「可憐的夫人，她精神很不好，不肯吃東西……什麼都不吃。臉色像鬼一樣蒼白，讓人看了真難受！要是有哪個男人和另一個女人合起來欺騙我，我才不會像她那麼傷心呢。」

白羅深表同情地點著頭。

「你的話很對，可是有什麼辦法呢？一個女人只要心中有愛，對許多打擊都會包容原諒的。不過，最近幾個月來，他們夫婦之間少不了有些爭執吧？」

萊奧妮又搖搖頭。

「從來沒有過，先生。我從沒聽過夫人講一句抗議或責備的話。她的脾氣、性情簡直好得像天使一樣，沒有比她更好的了，跟主人就完全不一樣。」

「雷諾主人的脾氣不好嗎？」

「很不好呢。他發怒時，整幢屋子的人都會知道。那天他和傑克少爺吵嘴……說實在，他們喊得那麼大聲，連市場上都能聽到。」

「是嗎，」白羅說，「他們什麼時候吵架的？」

「唔，就在傑克少爺去巴黎以前。他還差點兒趕不上火車呢，當時他從書房跑出來，提著放在門廳裡的旅行箱就走。那天汽車剛好在修理，他只好用跑的去車站。而我那時正在打掃客廳，我看他從身旁走過，臉色慘白——慘白，但雙頰卻像火燒那樣地紅。啊，他可真的動怒了！」

萊奧妮對自己講話的內容感到十分得意。

「吵架，那又是為了什麼？」

「呃，這我就不知道了。」萊奧妮不得不承認地說，「說真的，他們喊叫著，兩人的聲音又大又響，講得又快，大概只有精通英語的人才聽得懂。主人後來整天臉色都陰沉沉的，誰都沒辦法讓他高興起來。」

樓上的關門聲打斷了萊奧妮喋喋不休的話。

「芙朗索在等我呢！」她驚呼道，突然想起自己還有好多事沒做，「那老太婆啊，常常罵人。」

「再一分鐘好嗎，小姐？檢察官在哪兒？」

「他們到車庫去看汽車了。局長先生有些想法，他想也許出事那晚有人使用過汽車。」

「Quelle idée[25]！」白羅喃喃道，那女僕走開了。

「你準備到他們那裡去嗎？」

「不，我在客廳裡等他們。炎熱的早上，這兒涼快些。」

白羅這種慢條斯理的處事方式，真使我摸不著頭緒。

「如果你不介意的話……」我吞吞吐吐地說。

「一點也不。你要自己偵查一番，嗯？」

「唔，我倒是想看看吉羅；如果他在附近，想去看他找到了些什麼。」

「那隻有人性的獵犬。」白羅一面嘟囔著，一面在一張舒適的椅子上躺下，閉上眼睛。

「請吧，我的朋友。再見。」

我慢步踏出前門。天氣很熱，我順著昨天走過的那條小徑往前行。我一直很想自己好好

25　法語，意思是「這是什麼想法」。

研究一下現場。但我並沒有直接走向那裡，而是從一旁先轉到灌木叢，如此往前走數百碼再靠右些，就可以到達高爾夫球場。這裡的灌木叢生得很密，我好不容易才穿越過去。當我終於走到球場時，出乎意料地竟跟一位年輕女孩重重撞了一下，那時她正背對灌木叢站著。

她很自然地低聲尖叫了一下，我也發出了一聲驚呼。原來她是和我在火車上坐同一個車廂的那位灰姑娘！

我們兩人都大吃一驚，不約而同地叫道：「是你！」

那年輕女孩先鎮靜下來。

「哎喲！」她驚呼道，「你在這兒做什麼？」

「提到這點，那你又在這兒做什麼呢？」我反問道。

「我上回看到你的時候，就是前天，你乖乖地像個聽話的小男孩正準備回英國去呢。」

「我上回看到你的時候，」我說，「你乖乖地像個聽話的小女孩正要跟妹妹一起回家呢。順便問一聲，你妹妹呢？」

她朝我一笑，露出雪白的牙齒。

「謝謝你關心。我妹妹很好，謝謝你。」

「她在這兒，跟你在一起？」

「她還在鎮上。」那個頑皮女孩神氣十足地回答。

「我才不相信你有個妹妹。」我笑道，「如果你有的話，她的名字一定是叫哈理斯[26]！」

「你還記得我的名字嗎？」她微笑著問。
「灰姑娘。不過這回你得告訴我真名了吧？」
她淘氣地搖搖頭。
「你連為什麼上這兒來也不肯告訴我嗎？」我又問。
「唔，這個！我猜你應該知道，我們這一行也需要『休息』吧？」
「在物價昂貴的法國海濱嗎？」
「如果知道門路就省得了錢。」
我敏銳地看著她。
「不管怎麼說，兩天前我碰到你的時候，你沒打算到這兒來。」
「我們大家都有失算的時候。」灰姑娘小姐故作端莊地說，「喂，我告訴你的已經夠多了啦，小孩子是不能太多話的。你還沒有告訴我你在這兒做什麼。」
「你還記得我告訴過你，我有一個好朋友是位偵探嗎？」
「然後呢？」
「也許你已經聽說過這件……凶殺案……在熱內維芙別墅？」

26 哈理斯（Harris）為男性名字，在這裡女性用男性名字，意思是說絕對不可能的事。

她直瞪著我，呼吸急促，眼睛睜得又圓又大。

「你該不會是說……你在偵查那個案件吧？」

我點點頭。哈哈，這次我贏了。當她望著我的時候，情緒十分激動。過了數秒鐘，她默不作聲，緊看著我，然後很嚴肅地點點頭。

「呃，如果不會太招搖，你帶我去走一走，我滿愛看恐怖場面的。」

「你說什麼？」

「就是剛才說的呀！我的天哪，我不是告訴過你我最愛看犯罪故事？我已經在這裡東張西望好幾個小時了。能碰到你真是太幸運了，走吧，帶我去見識見識。」

「不過，等一等……我不能。誰也不能進去，他們管制得非常嚴格。」

「你和你的朋友不是大人物嗎？」

我可不能放棄我的重要身分。

「你為什麼這麼感興趣？」我提不起勁地問道，「你究竟想看些什麼？」

「啊，什麼都想看。做案的地點、凶器、屍體、腳印或是類似的有趣東西。我以前從來不曾親身參與這樣的凶殺案。如果真有這種機會，那我這一生也不算白活了。」

我轉過身去，感到一陣反胃。現在的女人怎麼變得愈來愈不像話了？這女孩像餓鬼似的興奮表情使我感到厭惡。

「別端架子了吧，」女孩突然說，「少裝模作樣了。當初人家請你來偵查這案件的時候，難不成你也抬高了下巴，說這件事太卑鄙，你不願意涉入嗎？」

「不，可是……」

「換作你在這兒度假，難道你不會和我一樣好奇地探東探西嗎？我相信，你一定會和我一樣。」

「我是男人，而你是女人。」

「看到一隻老鼠就站在椅子上大聲尖叫——這大概就是你對女人的看法吧？那都是些陳腔濫調啦！不過你會帶我去看的，對吧？你知道嗎，這對我相當重要。」

「為什麼？」

「因為警方對新聞記者封鎖了一切消息。而我也許可以從某家報社賺到一大筆錢。你不知道他們多肯花錢買一小條內幕消息呢！」

我猶豫不決。她把一隻軟軟的小手輕輕地握住了我的手！

「拜託啦，我知道你是個好人。」

我投降了……其實說真的，我倒很樂意充當嚮導呢。

我們先去屍體被發現的地方。有個人在那裡守衛，他一見到我就恭敬地向我致敬，對我的同伴也不多加盤問，大概他認為我可以為她做擔保。我向灰姑娘說明了發現凶案的經過。她認真聽著，有時則提出一兩個聰明的問題。之後，我們朝別墅走去。我十分小心，因為老實說，我很不希望碰到什麼人。我帶著她穿過灌木叢，繞到宅邸後面的那個庫房。我記得，昨晚貝克斯先生重新鎖上門把鑰匙交給馬休時，曾說過：「萬一我們在樓上而吉羅先生要用鑰匙，你就交給他。」我猜測，保安局的警探用過鑰匙後，很有可能把鑰匙又還給了馬休。我先讓女孩站在灌木叢中免得被人看見，自己則走進屋內。馬休在客廳的門外站著，裡面傳出低低的交談聲。

「先生要見阿于特先生嗎？他在裡面，正在訊問芙朗索。」

「不，」我匆匆說道，「我不要見他。不過我要外面庫房的鑰匙，如果這沒有違反規定的話。」

「當然可以，先生。」他取出鑰匙，「這就是。阿于特先生吩咐過，要為先生提供一切的方便。你事情處理完畢後，再還給我就行了。」

「好。」

我感到十分滿足，因為我意識到，至少在馬休的心目中，我的地位跟白羅同等重要。女孩仍在等我，她一看到我手中握著的鑰匙，高興地叫了起來。

「你拿到啦？」

「當然。」我酷酷地說，「總之，你要知道，我這麼做是非常不對的。」

「你真是個大好人，我不會忘記的。來吧，他們在屋裡看不到我們的，對吧？」

「等等，」她急著向前，我制止了她，「如果你真想進去，我不會阻止你。但是你確定真的要進去嗎？你已經看了墓穴、棄屍所在，相關的細節你也知道了。難道這還不夠嗎？你知道，裡面的景象是很可怕的……很令人不愉快的。」

她帶著一種難以捉摸的表情對我望了一會，然後含笑說：「我就是專程為了要看恐怖場面而來的，走吧。」

我們不發一語，走到庫房門前。我打開門，兩人走了進去。我朝屍體走過去，然後像昨天下午貝克斯那樣，輕輕拉開了遮屍布。那女孩口中發出低低的喘息聲，我回頭望著她。她的臉全是驚懼的表情，原先那種輕鬆而興高采烈的情緒已消失得無影無蹤。她執意不聽我的勸告，這下子可有得受了。奇怪的是，我對她一點也不感同情。現在她必須自己面對這種場面，我輕輕地把屍體翻過身來。

「你看，」我說，「他被人從背後戳了一刀。」

她幾乎發不出聲音了。

「用什麼戳的？」

我朝那玻璃缸點點頭。

「那把刀子。」

女孩突然左右搖晃起來，接著縮成一團地癱倒在地上，我跑過去扶著她。

「你快昏倒了，我們離開這兒吧，你受不了的。」

「水，」她小聲說道，「快！水！」

我離開了她，衝進屋內。還好僕人一個也不在，所以我趁這沒人的空檔倒了一杯水，從口袋裡取出瓶子攙了幾滴白蘭地。幾分鐘後，我又回到了庫房。女孩還是像我離開時那樣躺在地上，可是幾口攙水的白蘭地很快就使她恢復了過來。

「帶我離開這兒……啊，快，快！」她一面喊著，一面發抖著。

我用臂膀扶著她，走到庫房外。她隨手在我身後關上了門，然後深深地吸了一口氣。

「好多了。啊，真可怕！你為什麼要讓我進去？」

我感覺這真是太女孩子氣了，因此不禁笑了起來。其實見她支持不住，我心裡倒是有些安慰。這證明她並不是像我所想的那樣冷酷無情。畢竟她還是個孩子，而她的好奇心也許是不經大腦的。

「你忘了，我曾盡力阻止你。」我輕聲說。

「我想你是阻止過我。好吧，再見啦。」

「看看你，你一個人是無法這樣離開的，你的身體絕對撐不住。我一定要護送你回去梅蘭維。」

「胡說，我已經完全好了。」

「如果你又感到頭暈呢？不，我陪你一起去。」

但是她竭力反對。最後，我總算說服了她，她答應我陪她走到梅蘭維近郊。我們從原先的路走回去，又經過那墓穴，繞道到了街上，一直走到有零零星星的店鋪出現，她停下來向我伸出手來。

「再會，十分感謝你陪我走這段路。」

「你確定你已經不要緊了嗎？」

「嗯，謝謝。希望你不會因為帶我看了那些東西而惹上麻煩。」

我輕鬆地說不會發生這樣的事。

「好吧，告辭了。」

「是『再見』。」我糾正著說，「如果你留在這兒，我們應該還會再見面的。」

她對我微微一笑。

「是呀，那麼再見啦。」

「等等，你還沒告訴我你的地址。」

「唔，我住在燈塔旅館。地方很小，但還差強人意。明天你會來看我吧？」

「我會來的。」我說，但語氣也許顯得過分殷勤了。

我目送著她，直到看不見為止，然後折回別墅。我記得我沒有重新把庫房的門鎖上，還好沒人發現我的疏忽。我上了鎖，取出鑰匙，把它交回給警官。這時，我突然想起，雖然灰姑娘告訴了我她的地址，但我還是不知道她的姓名。

09 吉羅先生的發現

在客廳裡，我發現檢察官正忙著偵訊老花匠奧斯特。白羅和局長兩人也在場，一個微笑著向我打招呼，另一個彬彬有禮地對我點點頭。我悄悄地在一個位子上坐下。阿于特先生費盡唇舌，訊問各項細節，但是卻得不到其他任何線索。

奧斯特承認那副工作用的手套是自己的，他是在整理櫻草類植物時戴著這副手套，因為這種植物對有些人具有毒性。可是他不記得最後一次戴這副手套是在什麼時候，當然他更不會注意手套放在哪兒。有時放在這裡，有時又放在另一個地方。但鐵鏟倒總是放在那小小的工具房裡。那房間有上鎖嗎？當然了。那鑰匙又放在哪兒呢？當然，一直是插在門上的。裡面並沒有值錢的東西可以偷。誰想得到那天會進來一幫匪徒或凶手呢？這種事在子爵夫人住著的時候，是從來不曾有過的。

阿于特先生表示他已問完了話，那老先生離開時，一路上念念有詞。我想起白羅一再提到花壇上的腳印，因此當他回答這點時，我更仔細地審視著他。結論是要嘛他與這樁罪行毫無關係，不然他就是個最出色的演員。正當他即將踏出門口時，我突然產生了一個念頭。

「請原諒，阿于特先生，」我喊道，「你能允許我向他提個問題嗎？」

「當然可以囉，先生。」

我得到了同意，就向奧斯特問道：「你的靴子通常是放在哪兒？」

「在我腳上，」老頭兒不高興地扯著嗓門，「還能放在哪兒呢？」

「那麼晚上你上床的時候呢？」

「在我床底下。」

「那又是誰把靴子擦乾淨的呢？」

「誰也沒有。為什麼要擦乾淨？難道我還會像年輕小夥子一樣穿著靴子到處去炫耀嗎？星期日我會穿星期日穿的靴子，除此之外……」他聳了聳肩膀。

我搖著頭感到氣餒。

「唉，」檢察官說，「我們進展不大。看樣子，我們在得到聖地牙哥的回電之前，無法採取行動。有人看到吉羅了嗎？說實在的，那傢伙很沒禮貌，我很想派人去叫他來一下，並且……」

「你不用派人了。」

他平靜的語調把我們都嚇了一跳。吉羅就站在外面，正從打開的窗戶往屋裡看。

他敏捷地一跳，進了房間，走向桌子。

「鄙人在此，謹遵吩咐。請原諒我沒有早點兒來報到。」

「不，一點也不……」檢察官有些不知所措地說。

「當然，我只不過是個警探，」吉羅繼續說，「我對偵訊是一竅不通。不過要是讓我負責偵訊的話，我就不會打開窗戶進行，這樣一來任何一個經過的人站在外面，對偵訊的內容全都能聽得一清二楚，不過我看其實也沒什麼影響。」

阿于特先生惱怒地脹紅了臉。很顯然的，負責這一案件的檢察官和警探，對彼此完全沒有好感，一開始兩人就互不讓步。或許不管碰上什麼案件，這種情況也不會改變。在吉羅看來，所有的檢察官都是蠢才；而對於一向一本正經的阿于特先生來說，這位來自巴黎、我行我素的警探，則是不斷的找碴。

「太好了，吉羅先生，」檢察官尖銳地說，「不用說，你相當會利用時間！你準備把兇手的姓名都告訴我們了吧？還有他們現在的藏身地點？」

吉羅先生對這番挖苦無動於衷，回答說：「起碼我知道他們是從哪裡來的。」

吉羅從口袋裡取出兩樣小小的東西，把它們放在桌上，我們都靠了過去。這是兩個很簡單的東西：一個香菸頭和一根沒有點過的火柴。吉羅轉身對著白羅。

「你看得出這代表什麼嗎？」他問道。

他的語調中有一種令人難以忍受的口氣，我不由得脹紅了臉，可是白羅不為所動，他聳了聳肩膀。

「一個香菸頭和一根火柴。」

「那表示什麼呢？」

白羅攤開雙手。

「什麼意思也沒有。」

「啊！」吉羅滿意地說，「你沒有研究過這些東西。那不是一根普通的火柴——起碼不是本國貨，但在南美很普遍。幸好沒有點過火，要不然我就辨認不出來了。很明顯的，兩個歹徒中的一個丟了菸蒂，又點起一支，這時一根火柴從菸盒中掉了出來。」

「那麼另外一根火柴呢？」白羅問。

「哪有另外一根火柴？」

「就是那人點香菸用的那根哪，你也找到了吧？」

「沒有。」

「也許你搜查得不夠徹底。」

「搜查得不夠徹底……」那警探似乎氣得差點爆炸，可是他竭力克制著自己。「我看你是在開玩笑，白羅先生。不管怎麼說，有火柴也好，沒火柴也好，有這菸頭就夠了。這是一支南美的香菸，用止咳的甘草紙捲的。」

白羅欠了欠身子。

局長說：「那菸頭和火柴有可能是雷諾先生的。別忘了，他才從南美來了兩年。」

「不對，」吉羅信心十足地說，「我已搜查過雷諾先生的東西，他抽的捲菸和用的火柴是另外一種。」

「這些外人來到這裡，竟然不帶一件武器，不帶手套，甚至也不帶一把鐵鏟，可是這些東西卻都唾手而得，光這一點你不會感到奇怪嗎？」白羅問道。

吉羅微微一笑，十分高傲。

「確實奇怪。說實在的，要不是我自有一番推論，這還真是令人百思不解呢。」

「啊哈！」阿于特先生說，「不是『屋內有同謀』那一套吧？」

「或是屋外。」吉羅帶著一種詭異的笑容說。

「可是總得有人開門讓他們進來呀，總不能認為他們的運氣特別好，剛好發現門半開著等他們進來。」

「那門當然是專為他們而打開，不然從外面開也是一樣方便哪——只要有鑰匙。」

「可是誰有鑰匙呢？」

吉羅聳聳肩。

「提到這點，有鑰匙的人說什麼也不會承認。可是到底有哪些人可能會有鑰匙？比如說，死者的兒子傑克．雷諾先生。也許，他現在是在去南美的路途中，但他或許把鑰匙弄丟了，或是被人偷去了。再說還有那花匠——他在這裡也已經好多年了。另外年輕的僕人中，有的可能有情人，他們或許先弄到鑰匙的模型，然後再仿做一把。有各種的可能性。還有一個人，根據我的推測，非常可能擁有鑰匙。」

「誰？」

「多布勒夫人。」警探說。

「嗯，嗯！」檢察官說，「原來你也聽說了，是嗎？」

「我都聽說了。」吉羅冷靜地說。

「有一件事我敢說你還不知道。」阿于特先生說。

檢察官很得意有機會表現出他知道得比吉羅還多，於是馬上把前天晚上那位神祕訪客的事重述一遍。他也提到了開給「杜維恩」的支票，最後再遞給吉羅那封署名「貝拉」的信。

「都很有趣，可是絲毫不會影響我的判斷。」

「你的判斷是——」

「我暫時不想說。要知道，我的偵查才剛起步呢。」

「有件事你得告訴我，吉羅先生，」白羅突然說，「按照你的分析，門是有人打開的，但你並沒有說明為什麼要讓它一直開著。當他們離去時，把門隨手關上不是很自然嗎？因為假使有個警官恰好路過，他也許會順道進來，看看是否一切安然無恙；要是這樣的話，那他不就馬上會發現凶手，並抓住他們。」

「呃！那是他們忘了。我敢跟你保證，這是個失誤。」

這時，令我很吃驚的是，白羅說出他前一天傍晚對貝克斯說過的話：「我不同意你的看法。讓門一直開著是計畫中的事，或是出於必要。若不承認這一點，必定會一事無成。」

我們都非常驚訝地望著這個小個子。當他被迫承認對那根火柴一無所知時，我原以為那一定會使他飽受羞辱。哪裡曉得，他竟然信心滿滿、毫無羞愧地對吉羅下了這個結論。

那警探拂著鬍子，有點不屑地睨視著我的朋友。

「你不同意我的看法，嗯？唔，你對本案有何特別的見解？說出來讓我們見識一下。」

「有件事在我看來很重要。吉羅先生，難道你不曾感覺，這起命案有什麼似曾相識的地方？難道不曾讓你記起什麼嗎？」

「似曾相識？使我記起什麼？我不能馬上回答，不過，我並不這麼認為。」

「你錯了，」白羅平靜地說，「以前曾發生過一起幾乎是一模一樣的案件。」

「什麼時候？在什麼地方？」

「啊，這個，很抱歉我一時想不起來，但是我會記起來的，本來我還希望你能助我一臂之力呢。」

吉羅不相信地哼著鼻音說：「戴面具行凶的案件多得是，我可沒辦法把所有罪案都一一記住，任何罪行多少都有些相似之處。」

「這裡頭有個獨特的手法。」白羅突然帶著說教的口吻對我們在場的人說，「我現在對你們講的是犯罪心理學。吉羅先生應該很明白，每個罪犯都有各自獨特的犯罪手法。他也知道，當警察被找來偵查案件時，比方說，一起搶劫案，他們通常只需要根據犯罪者所採用的特殊手法，就能對犯案者做出精確的推測（傑派一定也會對你這麼說的，海斯汀）。人是一種缺乏創意的動物，在日常生活中，在法律的範圍內，他們是因循舊規的，但即使超乎法律範圍之外的情形也是如此。如果一個人犯了一樁罪行，他再犯其他罪行時，會跟第一次的模式非常相似。比方有個英國殺人犯，他用在浴缸中淹死人的手法，連續把他的幾任妻子殺掉就是一例。如果他改變一下他的手法，可能直到今天他還不會被發現。但是他順著人類的天性使然，理由是，既然他第一次成功了，那以後再犯也一定會成功，結果就由於因循模仿而付出了代價。」

「你的這番論點到底要表示些什麼呢？」吉羅嗤笑著說。

「就是當你處理兩起在設計和運作方式上十分相似的案子時，你會發現在背後策畫的是同一個頭腦。我正在尋找這個頭腦，吉羅先生，而且我會找到的。我們已經有一個真正的線索——一個心理上的線索。也許對菸頭、火柴棒，你很在行，吉羅先生；可是我，赫丘勒．白羅，卻懂得人的心理。」

奇怪的是吉羅仍然無動於衷。

「剛才是要帶你回到正路上，」白羅往下說道，「我還想給你指點一件也許你還沒注意到的事：雷諾夫人的手錶，在悲劇發生的那一天，足足快了兩小時。」

吉羅直瞪著眼。

「也許這錶一向走得快。」

「事實上，她對我說的正是如此。」

「那很好呀。」

「但不管怎麼說，快兩小時就快得太多了。」白羅輕聲說，「另外還有花壇裡的腳印。」

他向開著的窗戶點點頭。吉羅急忙跨出兩大步，朝窗外看去。

「我可看不到有什麼腳印呀！」

「沒有，」白羅說，一邊順手把桌子上的一堆書疊整齊。「是沒有腳印。」

這下子，吉羅惱羞成怒，滿臉怨氣。他向捉弄他的那個人邁進兩大步，但就在此時，客廳的門開了，馬休宣布道：「祕書斯托納先生剛從英國趕來，要讓他進來嗎？」

10 祕書斯托納先生

這人身材高大，有著運動員般勻稱的體格，及古銅色的面孔、頸部。他一走進房內就吸引大家的目光，在一群人中他顯得很突出，就連站在他旁邊的吉羅看來也彷彿得了貧血症似的。後來我對他比較熟悉了，知道他是個很不平凡的人。他出生於英國，到過世界各地，曾在非洲獵過大象、獅子等大型動物，並去韓國旅行，也在加利福尼亞開過牧場，又遠在南海群島做生意。

他敏銳的目光一下子就認出阿于特先生了。

「你是負責這一案件的檢察官嗎？很高興見到你，先生。這事太可怕了，雷諾夫人現在怎麼樣？她還承受得住嗎？這對她一定是個很大的打擊。」

「可怕呀！可怕。」阿于特先生說，「讓我先向你介紹我們當地的警察局長貝克斯先生和保安局的吉羅先生。這位是赫丘勒．白羅先生，是雷諾先生遇害前請來的偵探，可惜他來得太遲，沒能阻止這一場悲劇。這是白羅先生的朋友，海斯汀上尉。」

斯托納頗感興趣地望著白羅。

「他特地請你來的嗎？」

「這麼說來，你之前不知道雷諾先生考慮要請一名偵探？」貝克斯先生插進來問。

「不，我不知道。可是我一點也不感到奇怪。」

「為什麼？」

「因為這老頭慌張了。但到底是怎麼回事，我不知道，他並沒有向我吐露什麼，我們的交情還不到這程度。可是他是慌了……慌張得很。」

「呃！」阿于特先生說，「是什麼原因，難道你一點都不知道？」

「我已經說過我不知道了，先生。」

「請原諒，斯托納先生，不過首先我們還是按順序來。你的名字？」

「加布埃．斯托納。」

「你什麼時候開始當雷諾先生的祕書？」

「大約兩年前，當時他剛從南美來。我是透過一個雙方都熟識的朋友介紹才認識他的，他提供了我這個職務，是個相當不錯的老闆。」

「他常跟你提起他在南美的生活嗎？」

「是，講過一些。」

「你知道他曾到過聖地牙哥嗎？」

「我想，他到過幾次。」

「他有沒有提起在那兒發生過什麼事——那種日後可能對他進行報復的事？」

「從來沒有。」

「他是否提過他在那兒的旅居期間，可曾有過什麼不可告人的祕密？」

「我不記得他提過這樣的情況。雖說如此，他這個人過去應該有些不可告人的祕密。比如說，我從沒聽他談起他的少年時期，或是他到達南美以前的任何生活情況。我猜想，他的出身可能是法裔的加拿大人，但我也從沒聽他說過他曾在加拿大待過。每當遇到他不願提及的內容時，他就像個蛤蜊那樣緊閉著嘴，一聲不吭。」

「這麼說來就你所知，他沒什麼仇人，而且你也不知道任何招致他死亡的占奪祕辛？」

「是的。」

「斯托納先生，與雷諾先生交往的人當中，有沒有人叫杜維恩這個名字？」

「杜維恩，杜維恩。」他沉思地重複唸著這個名字。

「我想我沒聽說過，不過這名字聽來有點耳熟。」

「你知不知道有位小姐，是雷諾先生的朋友，叫貝拉的？」

斯托納先生又搖了搖頭。

「貝拉·杜維恩？全名是這樣的嗎？奇怪，我應該知道這個名字，但是一時想不起它與哪件事有關。」

檢察官咳了一聲。

「你明白，斯托納先生，這個案件是這樣子的：你不能有任何保留，也許你是出於對雷諾夫人的關心……對她，我想你是非常尊重和敬愛，但你必須——老實說！」阿于特先生說到這裡停住了，「絕對不能有所保留。」

斯托納盯著他，眼睛裡流露出茫然不解的神色。

「我不懂你的話，」他輕聲說，「這跟雷諾夫人有什麼關係？我對這位夫人非常尊重、敬愛。她是個了不起的人，但是我不明白，我有沒有保留，會牽連到她？」

「要是這個貝拉．杜維恩不僅僅是她丈夫的『朋友』，難道也和她沒有關係嗎？」

「啊！」斯托納說，「這下子我懂了。可是我可以用我最後一塊錢跟你打賭：你錯了。他從來不會對別的女人多看一眼，他對自己的妻子才佩服呢。他們倆是我所見過最恩愛的一對夫妻了。」

阿于特先生微微搖著頭。

「斯托納先生，我們掌握著確切證據——這個名叫貝拉的女人在寫給雷諾先生的一封情書中，嚴詞譴責他拋棄了她。何況，我們還掌握更進一步的證據，在他臨死前的一段時間，他跟一個法國的多布勒夫人有曖昧關係，這位夫人就住在隔鄰租來的別墅裡。」

祕書的眼睛眯著。

「稍等一下，先生，你完全看錯人了。我了解保羅．雷諾，你剛才所說的一切完全不可能，這裡面一定有別的原因。」

檢察官聳聳肩。

「還可能有什麼原因呢？」

「是什麼讓你認為這是外遇呢？」

「多布勒夫人都是在晚上來看他。另外，自從雷諾先生來熱內維芙別墅以後，多布勒夫人已把好幾筆金額很大的錢存入了銀行，用英國的幣制來說總計有四千英鎊。」

「我想問題就在這裡，」斯托納輕輕地說，「那些錢是我照他的吩咐匯給她的，不過那不是由於他們有曖昧關係。」

「那還能是什麼呢？」

「敲詐，」斯托納厲聲說，用手在桌子上猛捶一下，「就是敲詐！」

「啊！」檢察官喊道，身體不由自主地顫了一下。

「敲詐，」斯托納重複說，「有人在向雷諾先生敲詐，而且逼得很緊。短短兩個月之間他就被敲了四千英鎊。嗯！我剛才對你們說過雷諾先生應該有些不可告人的祕密。很明顯的，這位多布勒夫人知道得很多，因此她就向他勒索。」

「有可能，」檢察官激動地喊道，「完全有可能！」

「有可能？」斯托納嚷了起來，「這絕對是無庸置疑的。請問一下，你有沒有向雷諾夫人問過你提的外遇事件？」

「沒有，先生。只要在情理上可以避免的話，我們不想造成她的痛苦。」

「痛苦？唉，她可能會當場糗你。我告訴你，她和雷諾這一對是不多見的恩愛夫妻。」

「啊，這使我想起了另外一個問題，」阿于特先生說，「雷諾先生有沒有把遺囑的內容毫無保留地告訴過你？」

「這個我都清楚，因為是我在他立好遺囑後送到律師那兒去的。如果你要看，我可以告訴你他律師的姓名。遺囑還在律師那兒，內容十分簡單：他的一半財產歸他妻子終身享用，另一半給他兒子；還有少數幾筆的遺贈，我想他也留給了我一千英鎊。」

「這份遺囑是什麼時候立的？」

「唔，大約一年半以前。」

「這事可能會使你感到意外，斯托納先生，你知不知道在不到兩星期前，雷諾先生又另外立了一份遺囑？」

斯托納顯然十分吃驚。

「我一點都不知道。遺囑上是怎麼說呢？」

「他的財產無保留地全部歸他的妻子所有，根本沒提到兒子。」

斯托納長長地吹了一聲口哨。

「我說這對那孩子可真是有點過分了。他母親當然愛他，但可以這樣說，他父親似乎對他不那麼信任。這也打擊著他的自尊心。不過，這一點還是證明我的話沒錯：雷諾和他妻子的感情是很好的。」

「看來是不差，」阿于特先生說，「也許在幾個問題上還得修正我們的看法。當然，我們已經向聖地牙哥發了電報，並且隨時等待那裡的回電。或許到那時，一切就會水落石出。另一方面，要是你說的敲詐行為是真有其事，多布勒夫人應該能提供我們有用的線索。」

白羅突然說了一句話：「斯托納先生，那英國籍的司機馬斯特，跟著雷諾先生已經很久了吧？」

「一年多。」

「你知道他去過南美嗎？」

「我確定他一定沒去過。在替雷諾先生開車以前，他有好幾年在格羅斯特郡的一戶人家開車，這家人我很熟。」

「坦白說，你能保證他絕無可疑之處嗎？」

「絕無可疑之處。」

白羅看來有些喪氣。

在此時，檢察官已召來了馬休。

「請替我問候雷諾夫人，並告訴她我要跟她談幾分鐘。請她不必勞駕，我們會上樓去看她的。」

馬休敬過禮，走開了。

我們等了幾分鐘。門突然打開了，雷諾夫人身穿黑色喪服，臉色死白地走進房間，這使我們大吃一驚。

阿于特先生拿著一張椅子走上前去，強烈表示不贊成她下樓來。雷諾夫人微笑著向他致謝，斯托納則握著她的一隻手，表示深切的同情之意，但顯然一時又說不出話來。雷諾夫人轉身向著阿于特先生。

「您要問我一些事情？」

「如果您願意的話，夫人。我了解您丈夫的出身是法裔加拿大人，您能告訴我他年輕時的情形或是他的身世嗎？」

她搖搖頭。

「我丈夫向來很少講到自己，先生。我只知道，他來自西北部，可是我猜想他的童年過得並不愉快，因為他從不願談到那段時間，而我們的生活重心完全放在現在和未來。」

「他的過去是否有什麼不可告人的祕密？」

雷諾夫人略做微笑，又搖搖頭。

「我可以肯定，這種浪漫的事是一件都沒有的，先生。」

阿于特先生也笑了。

「沒錯，我們不是在演通俗劇。還有一件事……」他欲言又止。

斯托納激動地插話說：「他們居然產生了一個奇怪的想法，雷諾夫人。他們以為雷諾先生跟多布勒夫人有著曖昧關係，而她就住在隔鄰。」

雷諾夫人雙頰浮現一陣紅暈。她揚起頭，咬著嘴唇，臉部抽搐著。斯托納站定了，驚愕地望著她。貝克斯先生探身向前輕輕地說：「很抱歉，引起您的傷痛，夫人。不過您認為多布勒夫人可能是您丈夫的情婦嗎？」

雷諾夫人發出一陣痛苦的抽噎，用雙手蒙住了臉，兩肩起伏地抽搐著。最後她抬起頭，斷斷續續地說：「她可能是。」

斯托納臉上那種茫然、詫異的表情，是我一生中從未看到過的，這時他完全不知道該如何是好了。

11／傑克・雷諾

這番談話會發展成什麼情況，我無法預測，因為正在此時，大門被粗暴地推開了，一個高高的青年跨著大步走了進來。

這時我突然有種奇怪的感覺，彷彿死者又活過來了。隨即我便意識到，這個膚色黝黑、頭髮上沒有灰白色點綴的人，事實上只是個冒冒失失闖入我們中間的孩子罷了。他急匆匆、目中無人地逕自向他的母親走去。

「媽！」

「傑克！」她驚呼了一聲，把他摟入懷中。「我最親愛的！你怎麼回到這兒來了？你不是兩天前就該從瑟堡搭安查拉號動身嗎？」她突然想起還有其他人在場，於是轉過身來，相當自豪地介紹說：「這是我兒子，各位先生。」

「啊！」阿于特先生一邊說，一邊向那青年敬禮致意。

「這麼說你沒有搭上安查拉號囉？」

「沒有，先生。讓我解釋一下吧，安查拉號由於機器故障而耽誤了二十四小時。我本來應該是昨晚而不是前晚動身的，可是我恰巧買了份報紙，看到我們家遭到不幸的消息……」他的聲音哽住了，眼淚奪眶而出。「我可憐的父親……我可敬、可憐的父親。」

雷諾夫人彷彿置身夢中般注視著兒子，一面重複說：「那就是說你沒有動身？」然後，她非常疲倦地喃喃自語著，「總歸一句話，現在……也已經不重要了。」

「傑克先生，請坐下吧。」阿于特先生指著一張椅子說，「我對你表示深切的同情。聽到這個消息，你一定承受了可怕的打擊。所幸你沒有動身，我希望你能提供我們所需要的訊息，以便我們把這離奇的案件查個水落石出。」

「就聽你的吩咐，先生。有什麼問題請你儘管問吧。」

「首先，我了解這次旅行是你父親安排你去的，是嗎？」

「是的，先生。我接到電報，要我立即動身去布宜諾斯艾利斯，從那兒經安地斯[27]到瓦爾帕萊索[28]後，再繼續轉往聖地牙哥。」

27 安地斯（Andes），南美山脈。

28 瓦爾帕萊索（Valparaiso），智利中部海港。

「啊！這次旅行有什麼目的？」

「我一無所知。」

「什麼？」

「我一無所知，你看，就是這封電報。」

檢察官接過電報，大聲讀道：「『速往瑟堡，今晚搭安查拉號去布宜諾斯艾利斯，最終目的地是聖地牙哥。抵布宜諾斯艾利斯另有指示。事關緊要，勿誤。雷諾』。他以前曾提過這件事嗎？」檢察官問道。

傑克．雷諾搖搖頭。

「只有這封電報提到過。當然，我知道我父親曾在那兒住過很長一段時間，必定在南美有許多產業，但他從未提過要派我上那兒去。」

「所以，你在南美的時間也很長囉，傑克先生？」

「我童年時住過那兒。但我是在英國受教育的，而大部分的假期我是在英國度過，因此我對南美的了解實際上比人家所想的要少得多。你知道，戰爭爆發時我才十七歲。」

「你在英國空軍服過役，是嗎？」

「是，先生。」

阿于特先生點點頭，於是照著大家熟知的方式開始訊問。傑克．雷諾回答時明確指出，他完全不知道父親在聖地牙哥或是南美其他地方與人結下過什麼冤仇，也沒有注意到最近他父親的舉止有何異狀，而且從未聽他父親提起過什麼祕密，他本來以為這次的南美之行是與生意有關。

阿于特先生停了片刻，這時吉羅緩慢地插進來問：「我想提出我想到的幾個問題，檢察官先生。」

「請便吧，吉羅先生。」檢察官冷冷地說。

吉羅把椅子拉近桌子。

「你和你父親相處得好嗎，傑克先生？」

「當然很好。」這年輕人無禮地答道。

「你可以肯定嗎？」

「可以。」

「連一點小小的爭論也沒有，嗯？」

傑克聳聳肩。「每個人總是會有不同的看法。」

「是的，沒錯。不過，如果有人指出在你動身前往巴黎的當晚，你跟你父親有過劇烈的爭吵，那麼是那個人在撒謊啦？」

我不禁佩服吉羅的足智多謀。「我對所有情形都掌握得很清楚」，這種話他可不是隨便亂說的。很顯然的，傑克被這一問題問住了。

「我們……我們確實有過一場爭辯。」他承認。

「啊，一場爭辯？在爭辯的過程中，你有沒有說過『你死了以後，我高興愛怎麼做就怎麼做』？」

「我可能講過，」他低語道，「我不確定。」

「那你父親回答時，有沒有說過『可是我還沒死咧』，接著你又回答『我情願你早點死』？」

那孩子不吭聲，兩隻手緊張地擺弄著放在他面前桌上的擺飾。

「你一定要回答我，傑克先生。」吉羅厲聲說。

那孩子將一把沉重的裁紙刀重重扔在地上，憤怒地叫道：「那又怎樣？讓你知道也好！是的，我跟父親吵過嘴。我也許講過這些話……當時我很火大，我甚至記不起來我曾說了些什麼！我實在氣極了……當時我差點兒就把他殺了……好了，你想怎麼樣嘛！」

他背靠著椅子，氣呼呼地脹紅了臉。吉羅微笑，接著，把他的椅子再稍微往後移動了一下，說：「好了，我沒問題了，你繼續問話吧，阿于特先生。」

「啊，好，是的，」阿于特先生說，「那你們為什麼要爭吵呢？」

「這點我拒絕回答。」

阿于特先生在椅子上挺直了身體。

「傑克先生，漠視法律是不行的！」他譴責說，「你們到底為什麼爭吵？」

年輕的傑克仍然不作聲，孩子氣的臉陰陰沉沉的。可是另一個平靜而沉穩的聲音說話了，那是赫丘勒·白羅。

「如果你願意，我可以奉告，先生。」

「你知道？」

「我當然知道。是為了瑪塔·多布勒小姐。」

傑克突然一驚，轉了個身。檢察官向前探著身子。

「是這樣嗎，先生？」

傑克低垂了頭。

「是的，」他承認道，「我愛瑪塔·多布勒，我要娶她。當我把這事告訴父親時，他勃然大怒。當然，我不能任憑我心愛的女孩遭到羞辱，所以我跟著也發起脾氣來了。」

阿于特先生望著對面的雷諾夫人。

「你可知道……這件事，夫人？」

「我很擔心他。」她簡單地回答。

「媽，」那孩子嚷道，「難道你也反對？瑪塔既美麗，又善良，你對她到底有什麼看不慣的？」

「我對多布勒小姐本身沒有任何意見。不過我希望你娶的是一位英國或者法國女孩，而不是一位——母親身分不明的女孩。」

她的音調明顯地流露出對多布勒夫人的怨恨。我可以理解，當她的獨生子表示他愛上了她情敵的女兒時，那對她而言必然是個沉重的打擊。

雷諾夫人繼續對檢察官說：「也許，我早該和丈夫討論這個問題，不過我當時希望這只是年輕男女之間一時的意亂情迷，只要不是太過認真，它很快就會過去的，現在我對當時自己竟然不動聲色深感內疚。另外，我丈夫……我已經對你們說過，最近他十分焦急不安，悶悶不樂，幾乎完全變了樣，因此我也不想再讓他多添煩惱。」

阿于特先生點點頭。

「當你告訴父親，你喜歡多布勒小姐時，他感到很驚訝嗎？」他繼續問。

「這完全出乎他的意料之外。他斷然命令我打消這個念頭，表示他永遠也不會答應這件婚事。我生氣了，就問他對多布勒小姐有什麼不滿的地方。對這一點他並沒有給我滿意的回答，只是輕視地講了他們這對母女的神祕身世。我回答說，我娶的是瑪塔，不是她的祖先。但是他的聲音把我蓋過了，他堅拒再談這件事，說這整件事情必須停止。這種不公平和高壓手段把我氣瘋了，尤其他自己也經常不怕麻煩地對多布勒母女獻殷勤，而且還常邀請她們上我們家來。我實在氣昏了頭，兩人當場吵起架來。我父親提醒我說，我現在還是得依靠他。一定是為了回他這句話，我才說出他死了以後我愛怎麼樣就怎麼樣……」

白羅用一個迅速的問題打斷了他。「這麼說，你是知道你父親遺囑中的安排囉？」

「我知道他把一半的財產留給我，另一半由我母親保管，她死後再轉給我。」年輕人回答說。

「再說下去。」檢察官說。

「那之後，我們兩人開始怒不可遏地互相對罵，直到我突然想起我差點就要誤了去巴黎的火車，才不得不跑向車站，但心中仍充滿憤怒。不過離開家後，我倒是冷靜了下來。我寫信給瑪塔，告訴她家裡發生的情況，她的回信帶給我安慰。她告訴我，只要我們始終如一，任何反對到最後總會解決的。我們彼此之間的愛情必定經得起考驗。她還說，如果我的父母了解到這絕不是我一時的迷戀，他們一定會改變對我們的態度。當然，我沒有對她多提我父親反對這件婚事的主要原因。我很快就意識到，強硬的做法對我們的婚事沒有什麼好處。」

「現在來談談另一件事。你知道杜維恩這個名字嗎，傑克先生？」

「杜維恩？」傑克說，「杜維恩？」

他彎下身子，撿起他從桌上扔下去的那把裁紙刀。當他抬起頭時，視線和吉羅盯著他的眼光不期而遇。

「杜維恩?不，我不知道這個名字。」

「那你看看這封信吧，傑克先生。告訴我，你知不知道寫信給你父親的人是誰？」

傑克．雷諾接過信，看完後，臉色變得通紅。

「寫給我父親？」他語調中的激動和憤懣是顯而易見的。

「是的，信是我們在他大衣的口袋中發現的。」

「是……」他吞吞吐吐地，向他母親飛快瞥了一眼。

檢察官了解他的意思。

「到現在——還沒有。寫信的人是誰？你能提供一些線索嗎？」

「我什麼也不知道。」

阿于特先生嘆了一口氣。

「真是一件神祕莫測的案件。嗯，我想我們現在可以把這封信完全排除在外。我想想，剛才我們談到什麼地方了？唔，凶器。我擔心這會給你帶來痛苦，傑克先生。我知道這是你送給母親的一件禮物。太慘了……實在令人悲痛……」

傑克．雷諾探身向前。在讀信的時候，他的臉色還脹得通紅，現在卻已慘白。

「你的意思是說……我父親是被一把製造飛機用的金屬製裁紙刀刺死的？可是這是不可能的！這麼小的一件東西！」

「唉，雷諾先生，這完全是事實！我想這反倒是種理想的小工具，既鋒利，使用起來也方便。」

「這刀在哪裡呀？我能看看嗎？是不是還留在……屍體中？」

「哦，不，已經拿掉了。你想看看嗎？順便確認一下？也許確認一下比較好，儘管夫人已經辨認過了。不過……貝克斯先生，我可以麻煩你嗎？」

「當然，我立刻就去拿來。」

「把雷諾先生帶去庫房不是更好嗎？」吉羅巧妙地建議說，「不用說，他應該很想看看父親的屍體呢。」

那青年戰慄著，做了一個否定的手勢。那檢察官只要一抓住機會就想要跟吉羅唱反調，因此回答說：「不……現在不必，還是請貝克斯先生把凶器拿到這兒來吧。」

局長離開房間。斯托納走到傑克那裡，緊緊地握著他的手。

白羅站起來，將一個燭台擺端正，因為在他訓練有素的眼光看來，燭台的位置有點歪。檢察官最後又把那封情書讀了一遍，還是堅持原先的假設，他認為戳在背後的那一刀是出於嫉妒。

突然門開了，局長直衝了進來。

「檢察官先生！檢察官先生！」

「在這兒，什麼事？」

「那凶器！不見了！」

「什麼……不見了？」

「消失了。不見了！原來放刀的玻璃缸已經空了！」

「什麼？」我喊道，「不可能。呃，今天早晨我還看見過……」我再也說不下去了。

整個房間的注意力頓時都轉到我身上了。

「你說什麼？」局長喊道，「今天早晨？」

「今天早晨我還看見它放在原來的地方呀，」我慢吞吞地說，「確切地說，是大約一個半小時以前。」

「那麼，你去過庫房？你是怎麼拿到鑰匙的？」

「我向警官要的。」

「那麼你進去過了？為什麼？」

我猶豫不決，但最後我決定，唯一的辦法還是完全坦白最好。

「阿于特先生，」我說，「我犯了一個嚴重的錯誤，我請求你的寬恕。」

「說下去，先生。」

「事實經過是這樣的，」我說著，此時真巴不得有什麼地方讓自己躲起來才好，「我碰到了一位年輕女孩，是我剛結識的朋友。她表示非常希望看到命案所有的一切。我……嗯，總之，我拿到了鑰匙，帶她去看了屍體。」

「啊！」檢察官憤憤叫道，「你知道你犯了一個嚴重的錯誤，海斯汀上尉。這是完全違反規定的，你不該做出這種不智之舉。」

「我知道，」我順從地說，「你再怎麼指責都不過分，先生。」

「這位女孩不是你請來的吧？」

「當然不是，我完全是偶然遇見她的。這個女孩是英國人，目前正好在梅蘭維，而且在我意外遇到她以前，並不知道她也在這裡。」

「嗯，嗯，」檢察官的口氣軟了下來。「這是違反規定的，不過這位女孩一定十分年輕貌美。年輕的好處真多啊！」他故作輕鬆地嘆息著。

局長是個比較實際而且沒有那麼浪漫的人，他接著說：「可是在你離開時沒有把門關好鎖上嗎？」

「問題就出在這裡。」我緩緩地說，「正是因為如此，我才深深感到內疚。我的朋友一看見那具屍體就感到身體不舒服，差點就昏了過去，我趕緊去幫她倒了杯兌水白蘭地，並且堅持送她回鎮上。離開時我太過慌亂忘了把門鎖上，直到回到別墅後我才再去鎖上。」

「那麼至少有二十分鐘……」局長輕聲說著，又停了下來。

「正是。」我說。

「二十分鐘。」局長沉思著。

「真是淒慘。」阿于特先生說，又恢復了嚴厲的表情。「我們以前從來不曾發生過這樣的事。」

突然另一個聲音說話了。

「你認為這是壞事？」吉羅問道。

「當然，我是如此認為。」

「我卻認為是好事！」吉羅傲慢地說。

這個意想不到的盟友使我感到十分迷惑不解。

「好事，吉羅先生？」檢察官問道，眼角不信任地審視著他。

「正是。」

「為什麼是好事？」

「因為我們現在已經清楚知道，凶手或者凶手的同謀，在一小時以前才在別墅附近。既然知道了這種情形，不就表示我們馬上可以抓到他？」他威脅著說，「為了把凶器弄到手，他冒了很大風險；也許他害怕上面的指紋會被發現。」

白羅轉身朝著貝克斯。

「你說過上面沒有找到指紋吧？」

吉羅聳聳肩。

「也許是凶手自己不能確定。」

白羅看著他。

「你錯啦，吉羅先生。凶手是戴著手套的，所以他一定很清楚。」

「我不是說凶手本人，有可能是共犯，他並不知道實際的情況。」

檢察官的書記正在收拾桌上的記錄，阿于特先生對我們說：「我們在這裡的任務結束了。也許，傑克先生可以聽一下剛才你從頭到尾所做的證詞，我特別讓所有手續盡量簡化不拘泥於形式。有人認為我的處事方法太過保守，但我認為保守還是有它不少優點呢。這案件現在已由知名的吉羅先生完全接手，他很出色，這是毫無疑問的。說實在的，要是他抓不到凶手，才會讓我感到奇怪呢！夫人，容我再次向您表示由衷的同情之意。先生們，再會。」

檢察官隨即在他的書記和局長陪同下告辭了。

白羅取出他那只大掛錶，看了一下時間。

「我們回旅館去吃午飯吧，我的朋友。」他說，「然後你再對我詳細描述今天早晨那種種見不得人的事吧。幸好現在沒人注意，我們也不必告辭了。」

我們悄悄走出了客廳，看見檢察官剛好搭車離去。我正要走下台階時，白羅喊住了我。

「等一下，我的朋友。」

他熟練地拿出捲尺，然後一本正經地量著一件掛在門廳裡的大衣，從衣領量到邊緣。以前我不曾看到有大衣掛在那裡，所以猜想，若不是斯托納先生的，就是傑克．雷諾的。

然後，白羅滿意地輕哼了一聲，把捲尺放回口袋，隨著我走出屋外。

12 白羅澄清的疑點

「你為什麼要量那件大衣？」當我們悠閒地沿著炎熱的白色街道走時，我好奇地問道。

「哦，量看看有多長。」我朋友不疾不徐地說。

這真讓人生氣。白羅喜歡把微不足道的事弄得神祕兮兮，他這種改不了的習慣常使我惱火。我不吭聲了，隨著自己的思路考慮著問題。儘管當時我沒有特別留意，現在回想起來，雷諾夫人對她兒子所說的某些話似乎有一種不同的解釋。「那就是說你沒有動身？」她說過這話，後來又補了一句，「總歸一句話，現在……已經不要緊了。」

她這是什麼意思？這些話是個謎，似乎有著特殊的含義。這是否表示她知道的事遠比我們所假設的要多？對於她丈夫派她兒子去完成的神祕使命，她推說自己毫不知情。難道實際上她比她表現的知道更多嗎？如果她願意，她就能幫得上忙嗎？她的沉默是不是也是經過精心策畫的？

我愈想愈感到自己的想法正確。雷諾夫人所知道的遠比她所願意告訴我們的要多。因此當她見到兒子時才會感到意外，而一時露出馬腳。我深信，即使她不知道誰是凶手，至少也知道謀殺的動機，一定是某些很嚴重的顧慮使她保持緘默。

「你想得很入神，我的朋友。」白羅打斷了我的沉思。「什麼事使你如此投入？」

我對他說了，而且感到自己的想法大有可能，儘管我預料他會取笑我的種種推測。可是出乎我的意料之外，他若有所思地點點頭。

「你推理得很對，海斯汀。從一開始，我就確定她有些事隱瞞著沒說。剛開始我懷疑過她，認為如果這件罪行不是出自她的主導，至少她也是個共犯。」

「你居然懷疑過她！」我叫喊起來。

「當然，她得到的好處最多了——說實在，根據新的遺囑內容，她是唯一的受益者。所以，一開始我把她特別挑出來加以注意。你也許注意到，我很早就找機會察看她的手腕。我就是想要看看，是否有可能是她自己堵住嘴和綁了手腳。我看了後馬上知道其中沒有作假，那繩子綁得很緊，甚至陷到肉裡面。於是這就排除了她單獨犯罪的可能性。但她還是有可能是共犯，或是一個有共犯的主謀。再者，我對她所說的那段情節非常耳熟——兩個她認不出面孔、戴著面具的歹徒，又提到了『祕密』等等。這些我以前都聽過，或是讀過。另外有件小細節證實了我的想法，亦即她沒有說實話——就是手錶，海斯汀，那只手錶！」

又是手錶！白羅好奇地看著我。

「你也看到了，我的朋友，你明白了嗎？」

「不，」我沒好氣地回答說，「我既沒看到，也不明白。這只是你在故弄玄虛，而且你也不會解釋，你總是喜歡把祕密保留到最後一分鐘。」

「別生氣，我的朋友，」白羅微笑著說，「你要是想知道，我就稍微解釋一下。可是你任何事都不可以告訴吉羅，c'est entendu[29]？他把我當作一個微不足道的老頭子！我們走著瞧吧！我對他倒是仁慈，還給了他一個暗示。如果他執意不照暗示行事，那後果就是他自己要承擔了。」

我向白羅保證，他可以信任我，我會謹慎的。

「那好吧！現在我們來用一下我們小小的灰色腦細胞吧。我的朋友，你說你認為這悲劇是什麼時候發生的？」

「嗯，在兩點鐘或兩點鐘左右。」我不免感到詫異，「你別忘啦，雷諾夫人對我們說過，那兩個歹徒在房裡時，她聽到鐘敲了兩下。」

「正是，而正是根據這一點，你、檢察官、貝克斯及其他所有人都不曾再進一步查驗，就接受了這個說法。可是，我赫丘勒·白羅卻敢說雷諾夫人在撒謊。犯罪發生的時間至少還要再早兩小時。」

「可是醫生們……」

「他們在驗屍以後，宣布死亡發生在之前的十小時到七小時之間，我的朋友。為了某種原因，歹徒必須使罪行的發生時間，看起來要晚於它實際發生的時間。一只打碎了的錶，記錄著犯罪的確切時間，這你也曾讀過吧？因此，不能單單以雷諾夫人的證詞來判定時間。有人把那手錶的時針移到兩點鐘，然後用力把它摔在地上。可是，他們往往自己破壞了計畫。玻璃是碎了，可是錶的運作完好無損。這是他們很嚴重的失算，因為這一下子把我的注意力吸引到兩個問題上：第一，雷諾夫人在撒謊。第二，一定有某種重要原因，必須使被害者死亡的時間看來比實際晚一些。」

「但究竟是什麼原因呢？」

「啊，問題就在這兒！整個的謎團就在這兒。目前，我還無法解釋，在我看來可能只有一種想法有關。」

「什麼想法？」

「末班車是在十二點十七分時離開梅蘭維。」

我慢慢地順著他的思路思考。

「若犯罪行為要讓人以為在大約兩小時後才發生，那乘坐那班火車的某個人，就有了無懈可擊的不在場證明！」

29 法語，意思是「同意嗎」。

「妙極了，白羅！你想得一點都沒錯！」

我跳起來。

「我們得去車站問問！要是有兩個外國人搭了那班火車，他們絕不會沒注意到。我們馬上就去！」

「你是這樣想的嗎，海斯汀？」

「當然呀，我們現在就走吧。」

白羅輕輕碰了一下我的肩膀，按捺住我高亢的情緒。

「如果你想，你就去吧，我的朋友……不過，如果你去的話，可別提到任何有關那兩個外國人的情況。」

我瞪著他，他有些不耐煩地說：「哎呀，你該不會真的相信這一派胡言吧？兩個戴面具的歹徒什麼的！全是 cette histoire-lá[30]！」

他的話令我一時摸不著頭緒，不知怎樣回答是好。

他從容地繼續說：「你知道的，我曾對吉羅說過，我對這類罪行的情節很熟悉。好，這就先決定了兩個問題中的一個問題。亦即設計前一件罪案的人就是設計這件罪案的人，要不然就是凶手讀過一則 cause célèbre[31] 的記載，當時的印象已經自然地存記在他的腦海中，而促使他策畫了類似的行動細節。針對這一點，我可以做出肯定的判斷，在我……」他突然停止了。

此時有許多細節在我腦中盤旋著。

「可是雷諾先生的信呢？它確實有提到一個祕密和聖地牙哥！」

「毫無疑問的，雷諾先生的過去有個祕密，這點是無庸置疑的。另一方面，提到聖地牙哥，依我看是無關的東西，一再把它扯進來，是為了把我們導向歧途。有可能這個方法也是同樣用在傑克·雷諾身上，使他不至於對身邊的人產生懷疑。唔，海斯汀，你大可相信，威脅著雷諾的東西絕對不是在聖地牙哥，而是就在附近，在法國。」

他說得如此肯定、這麼有把握，使我不得不信服。但我還嘗試提出最後一個反對意見：

「那麼屍體附近發現的火柴和菸頭呢？這又做何解釋呢？」

白羅臉上閃著十足洋洋自得的光彩。

「安排好了的！是故意放在那裡，好讓像吉羅那類的人去發現！啊，吉羅這傢伙算是蠻有小聰明的，他可是很會耍把戲呢！當然，一頭優良品種的獵犬當然會耍把戲。他進來時沾沾自喜，因為之前他匍匐在地上找尋已經有好幾個小時。『看看我找到了什麼，』他說著，然後又對我說：『你看得出這代表什麼嗎？』我老實地回答：『沒有。』接著吉羅，這個偉

30 法語，意思是「虛構的故事」。

31 法語，意思是「轟動一時的案件」。

大的吉羅，大笑起來，他心裡一定在想：『哦，這老頭子，真是個糊塗蟲！』可是我們等著看吧……」

但是我的思緒又回到了幾個主要的事實。

「那麼有關戴面具的兩個歹徒……」

「全是假的。」

「但究竟是怎麼回事呢？」

白羅聳聳肩。

「有個人能告訴我們——雷諾夫人。可是她不肯說。不論威脅、懇求都無法說服她。她是個不簡單的女人哪，海斯汀。我一看見她，就意識到我要對付的這個女人，是個個性不尋常的人。我曾對你說過，我一開始懷疑她與這樁犯罪有牽連，但後來我改變了看法。」

「是什麼使你改變了看法？」

「當她看到丈夫屍體時那種自然而真切的悲哀。我可以發誓，她呼喊聲中流露出的痛苦，是發自內心的。」

「對，」我沉思著說，「有些東西錯不了。」

「我得請求你的原諒，我的朋友——人總是在犯錯。就拿一個出色的演員來說，她表現悲哀時不也會感動人、讓人覺得很真實嗎？不，無論我自己所得到的印象和我的信念如何強烈，我需要有其他的證據才能說服自己，一個重大罪犯有可能也是個出色的演員。我對這一案件所持的一些肯定看法，並非根據我自己的印象，而是基於雷諾夫人的的確確是昏死過去這個鐵證。我翻起她的眼皮，測著她的脈搏。沒有作假，是真的昏過去了。因此我放心了，她的痛苦是真的，不是假裝的。再補充無損大局的一個小細節：雷諾夫人不需要表現出無法控制的悲哀。因為她在聽到丈夫死時就已經發作過一次了，所以看到他的屍體時也就不必再做一次驚天動地的表演。所以，雷諾夫人不是謀害她丈夫的凶手，可是她為什麼要撒謊呢？在手錶的事情上，她已經撒了謊；而對於戴面具的歹徒，她也撒了謊；至於第三件事，她又沒說實話。你說，海斯汀，你對那打開著的門有什麼看法？」

「嗯，」我感到困窘，「我認為那是個疏忽，他們忘了關門。」

白羅搖了搖頭，嘆氣道：「那是吉羅的說法，我可不這麼認為。那扇開著的門一定有問題，可是我暫時還不了解。但有一件事我相當肯定——他們並沒有從前門離去，他們是從窗戶出去的。」

「什麼？」

「正是如此。」

「可是下面花壇裡沒有腳印啊。」

「是沒有，但是本來應該有的，聽著，海斯汀。花匠奧斯特於前一天下午在兩個花壇裡都種植了新的花種，這你也有聽他說過。而在其中一個花壇裡，他的釘靴留下了許多腳印；在另一個花壇裡，卻一個腳印也沒有。那表示有人曾從那兒走過，而且為了要把腳印抹掉，而用耙子把花壇上的土弄平了。」

「他們從哪兒找來的耙子呢？」

「從他們找到鐵鏟和手套的地方。」白羅不耐煩地說，「這很容易做到。」

「雖然這樣，你怎麼會想到他們是從窗戶離開的？若說他們是從窗戶進來，從前門出去，這樣或許更有可能。」

「當然可能。可是我有個強烈的想法，他們是從窗戶出去的。」

「也許你想錯了。」

「也許，我的朋友。」

我沉思著，思考著白羅的推論所帶給我的新推理方向。我回想起，當他神祕地提到花壇和手錶時我感到奇怪。當時他的話似乎毫無意義，而現在我第一次意識到，他可以從幾件小事中解開圍繞著這案件的許多謎團。多麼了不起呀！我對我的朋友不由得感到肅然起敬。

「現在，」我思索著說，「雖說我們知道得比以前多，可是究竟是誰殺害了雷諾的這個謎，我們實在沒什麼進展。」

「是不多，」白羅愉快地說，「說真的，還早著呢！」

這一點似乎讓他感到莫名的滿足，我迷惑不解地望著他，而他和我相視時莞爾一笑。

突然我腦中豁然開朗。

「白羅！雷諾夫人！現在我懂了，她一定是在袒護著什麼人。」

從白羅接受我這句話的平靜態度來看，我知道他早就想到這一點了。

「對，」他沉思著說，「袒護著什麼人，或是說為誰掩飾，兩者必居其一。」

當我們走進旅館時，他做了個手勢，示意要我別作聲。

13 眼神慌張的女孩

我們高高興興地吃了一頓午餐。曾有一段時間，我們彼此安靜地吃著。接著白羅不懷好意地說道：「好呀！你那見不得人的事！不準備說清楚嗎？」

我感到自己的臉紅了。

「唔，你是指今天早晨？」我努力裝作若無其事的樣子。

但我不是白羅的對手。不用幾分鐘，他已經把整個經過情形從我口裡問了出來。他一面套著我的話，一面如往常一樣地眨著眼睛。

「啊，一個絕佳的浪漫故事。那個迷人的年輕小姐叫什麼名字？」

我不得不承認我不知道。

「這就更具浪漫氣息了！第一次，在從巴黎開出的火車上 rencontre[32]；第二次，就在這兒。『旅途結束，有情人相會』，不是有這麼一句俗語嗎？」

「別再開玩笑了，白羅。」

「昨天是多布勒小姐，今天是——灰姑娘小姐！顯然你和土耳其人一樣多情，海斯汀！我想你可以組織一個後宮呢！」

「取笑我無所謂，多布勒小姐是個非常美麗的女郎，我承認我的確十分仰慕她；另一個根本沒什麼，我想我以後也不會再見到她。」

「你不打算去探望她了嗎？」

他說最後這幾個字的語氣充滿懷疑，我警覺到他向我投射而來的銳利眼神。在我眼前，我彷彿看到幾個斗大的字，非常清楚：燈塔旅館。耳邊聽到她的聲音說著：「來看我吧。」也聽到自己殷勤地回答著：「我會來的。」

我輕鬆地回答白羅：「她是有請我去探望她，不過我當然不會去。」

「為什麼要說『當然』？」

「呃，我不想去。」

「灰姑娘現在住在英國旅館，你說過，對吧？」

「不是，是燈塔旅館。」

32 法語，意思是「邂逅」。

「對，我忘了。」

我的腦海中掠過片刻的疑惑，我確定自己未曾向白羅提到過旅館的名字。我隔著餐桌望著他，又放下了心，因為他正全神貫注地把麵包切成整整齊齊的小方塊，一定是他錯以為我曾對他提過那女孩住的地方。

我們坐在外邊，面向海洋喝著咖啡。白羅抽著他的一支小雪茄，然後從口袋裡掏出了懷錶。

「到巴黎去的火車二點二十五分開，」他說，「我該出發了。」

「巴黎？」我叫道。

「我是這麼說的，我的朋友。」

「你打算去巴黎嗎？為什麼？」

他很嚴肅地回答道：「去尋找謀殺雷諾先生的凶手。」

「你認為他在巴黎？」

「我確定他不在巴黎。雖然如此，我必須去那兒尋找。你現在可能不了解，不過在適當時機我會向你說明。相信我，這次的巴黎之行是少不了的。我不久就會回來，也許明天就回來。我不打算找你一起去。留在這兒，盯住吉羅，而且還要和小雷諾做朋友。」

「這倒提醒了我，」我說，「我本來要問你，你怎麼知道他們兩人的事？」

「我的朋友，我了解人性。若把一個像傑克那樣的年輕人和像瑪塔小姐那樣美麗的女孩放在一起思考，結果會如何幾乎是可以預測的。之後，便是爭吵。問題是，到底是為了金錢還是為了女人？我判斷是後者，因為我記起了萊奧妮描述那年輕人發怒時的情形，就這樣我做了以上的猜測——而且猜對了。」

「你已經猜到她愛小雷諾？」

白羅微微一笑。

「不管怎樣，我看到她慌張的眼神。我對多布勒小姐總有一種印象——一個眼神慌張的女孩。」

他的聲音如此小心，使我深感不安。

「你這是什麼意思，白羅？」

「我想，我的朋友，不久事情就能水落石出，可是現在我得動身了。」

「我送你。」我說著站起身來。

「你別這樣做，不需要。」

他命令式的口氣使我不禁吃驚地對他直看，他很認真地點著頭。

「我是說真的，我的朋友，再見了。」

白羅走後，我感到不知所措。我漫步走向海濱，看著正在洗海水浴的人們，卻怎麼也提不起興趣去游泳。我胡思亂想著，以為灰姑娘可能會一身漂亮打扮的跟這些人一起玩樂，但是我並沒有發現她的蹤跡。我漫無目標的沿著沙灘信步走向梅蘭維的另一個方向，忽然想到，去問候她對我來說畢竟是表示善意，免得以後麻煩，事情也可以就這樣了結，日後我也不需要再為她的事煩心。但是如果我不去，也許她會到別墅找我。

因此我離開海濱，往鎮上走去，很快就找到了燈塔旅館，那不是一座華麗炫目的房子。最糟的是，我並不知道那女孩的名字。為了維護我的尊嚴，我決定在旅館裡面走走，四處張望，心想也許會在休息室遇見她。我走了進去，但沒看到她的蹤跡。我等了一會兒，直到等得不耐煩了，就把櫃檯的人拉到一邊，偷偷地在他手中塞了五法郎。

「我要找一位住在這兒的小姐。一位年輕的英國小姐，個子小，皮膚黝黑，我一下子忘了她的名字。」

那人搖搖頭，似乎在克制著使自己不笑出來。

「這兒沒有像你所說的小姐。」

「可是這位小姐告訴我，她住在這兒。」

「先生一定弄錯了，又或許很可能是那位小姐弄錯了，因為另外也有位先生來這裡問起過她。」

「你說什麼？」我驚奇地喊著。

「是呀，先生。那位先生對這小姐的描述跟你一模一樣。」

「他長得什麼樣？」

「這位先生是小個子，穿著講究、整齊，簡直是一塵不染，鬍子直挺挺的，他的頭形有些奇怪，眼睛是綠色的，很有神。」

白羅！原來他不讓我陪他去車站就是這個道理。真是豈有此理！他若不干涉我的事，我才要好好感謝他呢，難道他真的以為我需要有個保母來照顧我不成？

我向那人道謝後就走了，心中不免有些悵然若失，但我對那愛管閒事的朋友仍然感到很生氣。

那女孩去哪兒了呢？我把壞情緒先拋在腦後，試著理出個頭緒來。很顯然，由於一時疏忽，她把旅館的名字說錯了。後來我又想到，究竟她是粗心大意，還是故意不把姓名告訴我而瞎編了一個地址呢？

我愈想愈感到後面那個猜測是正確的。基於某種理由，她不希望我們因偶遇發展成朋友，儘管半小時前這正是我心裡的想法，可是現在情勢逆轉，箇中的滋味可不好受。這整件事真是令人氣惱，因此我走到熱內維芙別墅時非常鬱悶。我沒有走進屋內，而是順著小徑走到庫房旁的一張小長凳，神情沮喪地坐了下來。

我的思路被附近的說話聲打斷了。剎那間，我意識到說話的聲音並不是來自我置身的花園中，而是從隔鄰瑪格雷別墅的花園內傳來，而且距離很近。一個女孩在說話，我聽出這是美麗的瑪塔的聲音。

「親愛的，」她說著，「你說的都是真的嗎？我們的麻煩都解決了嗎？」

「你知道的，瑪塔，」傑克．雷諾回答說，「什麼事都不能把我倆分離，我最心愛的。

阻止我倆在一起的最後一個障礙已經除掉了，再也沒有什麼能把你從我身邊奪走。」

「沒有了嗎？」瑪塔喃喃地說，「唔，傑克，傑克……我害怕。」

我移動著想離開，因為我想到自己似乎是無意間偷聽了人家的談話。當我站起來時，我從籬笆的一個缺口瞥見他們兩人面對著我這個方向靠在一起，男孩的手摟著女郎的腰，兩人四目相視。真是般配的一對啊！男的黝黑、體格適中；女的膚色白皙，是個妙齡女郎。他們站在那兒讓人覺得真是天生一對，儘管可怕的悲劇在他們年輕的生命中造成了陰影，然而他們還是感到幸福。

但是女孩的臉顯得困惑不安。傑克似乎也感覺到了，他把她摟得更緊地問道：「你在害怕什麼呢，親愛的？現在……還有什麼需要害怕？」

當她喃喃說著的時候，我看到了她眼中的恐懼，就是白羅曾提到過的那種印象，因此我大致可以猜到她要說的話。

「我害怕……為了你。」

我沒有聽清楚傑克的回答，因為在距離籬笆稍遠處出現了一樣奇怪的東西，把我的注意力分散了。那裡出現了一叢棕褐色的矮樹，別的姑且不說，在夏天這麼早的季節出現這種矮樹顯得很奇怪。我沿著籬笆走過去察看，然而當我走近時，那棕褐色的矮樹突然縮了回去，轉過來面對我，並且把一根指頭按在嘴唇上。呀，原來是吉羅。

他示意我別出聲，然後繞過庫房在前面走著，直到我們不再聽到說話聲。

「你剛才在那兒幹什麼？」我問。

「就跟你一樣——聽著。」

「可是我不是故意在那兒偷聽的。」

「啊！」吉羅說，「我可是故意的。」

像往常一樣，儘管我不喜歡這個人，可是我對他還是很欽佩。他帶著某種輕視的眼神打量著我。

「你突然闖入壞了我的事，本來我再一會兒就能聽到一些重要的話。你和那個老古板都做了些什麼？」

「白羅先生去巴黎了。」我冷淡地回答。

吉羅不屑地捏著手指，發出咯咯聲。

「原來他上巴黎去了，是嗎？唔，這倒不錯呀，他在那兒待得愈久愈好。不過他想在那兒找些什麼呢？」

我感到這句話中帶有一絲不安的口吻，於是我把身子挺得更直。

「這個我無可奉告。」我平靜地說。

吉羅對我狠狠地瞪了一眼。

「他也許學乖了，才沒有告訴你。」他粗魯地說，「再見，我可忙著呢。」

他轉過身，無禮地撇下了我。

熱內維芙別墅的案情毫無突破，吉羅顯然不希望有我在旁礙眼；並且根據我的觀察，傑克·雷諾也不希望我在身邊。

我走回鎮上，舒舒服服地洗了個海水浴，然後回到旅館，很早便上床就寢，心想翌日會不會發生什麼有趣的事。

我完全預料不到第二天會發生的事。我正在餐廳裡吃早餐，忽然那個原本在外面跟人聊天的侍者，很激動地跑回餐廳。他猶豫了一會兒，不安地撫弄著餐巾，接著脫口而出：「請原諒我，先生。你和熱內維芙別墅的案子有關係，是嗎？」

「是的，什麼事？」我急切地問。

「先生還沒聽說這消息嗎？」

「什麼消息？」

「昨天晚上又發生了一宗謀殺案！」

「什麼！」

我丟下早餐，抓起帽子，盡快朝門外奔去。又是謀殺，而白羅又不在！真糟糕，這次到底是誰被謀殺了呢？

我朝向大門直奔了進去。一群僕人在車道上，正在比手畫腳地談論，我抓住了芙朗索。

「出什麼事啦？」

「啊，先生，先生，又死了一個人！真可怕呀！這房子不吉利。對，我說一定是不吉利！他們應該請牧師來灑些聖水。我再也不敢在這屋裡過夜了！也許下次就輪到我了，誰知道呢？」

她在胸前畫著十字。

「你說得對。」我喊道，「可是究竟是誰被殺了？」

「我，我怎麼知道？是一個男人，一個陌生人。他們在那邊，在庫房裡……發現他的，就在離他們發現可憐的主人不到一百碼的地方。那還不算什麼，更可怕的是，他也是被戳死的……用同樣的凶器刺進胸口。」

14 第二具屍體

我再也等不下去了，轉身走上通往庫房的小道。在那裡守衛的兩個人側到一邊讓我通過，我不安地走了進去。

光線灰暗，這是一間放置花盆和工具的粗陋木屋。我急促地往前走，但走到門口時我停下腳步，呈現在我眼前的景象使我愣住了。

吉羅四肢趴在地上，手裡握著開著的手電筒，正在仔細察看每一吋地面。他看到我進來就蹙起了眉頭，然後他那洋洋自得的臉稍微放鬆了些。

「就在那兒。」吉羅說著用手電筒朝遠處照了一下。

我走了過去。

死者筆直地仰躺著，中等身材，臉色黝黑，大約五十歲，身上穿了一整套精緻剪裁的深藍色西服，應該是找專業裁縫做的，不過已經有些老舊了。他的臉可怕地歪斜著。就在身體左側、心臟的部位上，正豎立著一把黑色、發亮的刀柄，我一眼便認出來，那就是昨天早晨放在玻璃缸中的同一把凶器！

「我正等著醫生到來，」吉羅解釋道，「雖然我們不一定需要他。但毫無疑問的，這人已經死了。他被刺中了心臟，當場就死了。」

「是什麼時候發生的？昨晚？」

吉羅搖搖頭。

「不像是昨天晚上。醫學證明的依據不是我訂的，可是這人應該足足已經死了十二小時以上了，你說你是什麼時候看見那把凶器的？」

「大約在昨天早晨十點鐘。」

「那我傾向於把犯罪時間定在那以後不久。」

「不過人們不時在這庫房附近來回走動呀。」

吉羅露出令人嫌惡的笑容說道：「你的推理真了不起！誰告訴你他是在這個庫房中被殺的呢？」

「唔……」我感到不知所措了，「我……我是假設的。」

「好一個出色的偵探！看看他吧，難道說一個被刺中心臟的人摔倒在地上時，會是這個姿勢嗎——兩腿整齊的並列著，兩手靠在身旁？不會的。再說，難道有人會仰躺著，等人用刀子刺他而不舉起手來防衛自己嗎？荒唐，是不是？可是你看這裡，還有這裡……」他開著手電筒，沿著地面照著。我看到鬆軟的泥土上有奇怪、不規則的痕跡。「他是死後才被人拖到這兒來，是被兩個人半拖半扛地移到這裡來的。在外面乾硬的地面上他們沒有留下痕跡，而在這裡的痕跡已經被他們小心地擦去了，而且其中一人是女性，我年輕的朋友。」

「女性？」

「對。」

「可是如果說痕跡已經擦掉，那你又怎麼知道？」

「因為儘管很模糊，但判斷是女人的鞋印應該沒錯的。再說，根據這個──」說著，他彎下身子，從刀柄上抽出一樣東西，拿起來讓我看。那是一根女人的長黑髮，跟白羅在書房安樂椅上發現的那根很像。

他略帶諷刺地微笑一下，又把頭髮纏繞在刀柄上。

「我們盡可能讓一切保持原樣，」他解釋道，「這樣檢察官才會高興。唔，你還有注意到別的什麼嗎？」

我不得不搖搖頭。

「看看他的手。」

我看了一下，那指甲是折斷了的，已經變色，而且皮膚粗糙。我沒有如願發現什麼，便抬起頭來望著吉羅。

「這不是上等紳士的手，」他看出我的想法，這麼回答說，「但他穿的卻是有錢人的服裝，是不是很奇怪？」

「是很奇怪。」我表示同意。

「而且他的衣服沒有任何記號。從這一點我們能了解到什麼呢？這人企圖掩飾他的真面目而冒充別人，他是化了妝的。為什麼？他在害怕什麼呢？他是不是想在喬裝打扮後逃跑？目前我不太清楚，可是有一點我們可以確定：他急於要掩飾自己的真面目，正如我們一心想要發現他的真實身分一樣。」

他又朝屍體望去。

「像上次一樣，刀柄上沒有任何指紋，凶手也戴了手套。」

「那麼，你認為兩起命案是同一個凶手所為嗎？」我急切地問。

吉羅變得不可捉摸了。

「不用管我是怎麼想的，我們靜觀其變吧。馬休！」

那名警官在門口出現了。

「長官，有什麼吩咐？」

「為什麼雷諾夫人還不來？我十五分鐘前請她來這兒。」

「她正順著小徑走過來，先生，她兒子陪著她。」

「好吧。不過，我要分別和他們談話。」

警官敬過禮，又走開了。一會兒他和雷諾夫人一起走近了。

「夫人來了。」

吉羅走上前去，應付地行了禮。

「往這邊走，夫人，」他在前帶著她走到庫房那一邊，隨即突然讓開身子。「就是這人，您認識嗎？」

他說話時，目光銳利地看著她的臉，注意著她的每一個舉動，思考著她心裡正在想的是什麼。

然而，雷諾夫人仍然十分鎮靜——我感覺她太鎮靜了。她毫無興趣地俯視著屍體，絲毫沒有任何激動或類似的情緒。

「不，」她說，「我從未見過他，他對我來說是個完全不相識的人。」

「您肯定嗎？」

「非常肯定。」

「比如說，你不認為他是上次的行凶者之一嗎？」

「不。」她似乎猶豫了一下，彷彿突然想到了什麼似的，「不，我想不是的。當然，那兩個人留著鬍鬚——而檢察官認為是假的——可是，不是的。」這下子她似乎明確地回答，「我確定，這不是兩個人中的任何一個。」

「很好，夫人，就這樣了。」

她昂首走出屋外，陽光照著她頭上的銀絲。她走後，傑克．雷諾進來了。他態度十分自然，他也認不出那人是誰。

吉羅只是嘟囔了一下。至於他是高興還是生氣，我也說不上來。他把馬休叫來。

「你已經傳喚下一位了吧？」

「是，先生。」

「那麼把她帶進來。」

下一位是多布勒夫人。她氣憤不平地走進來，一面強烈地抗議著。

「我抗議，先生！這簡直是一種侮辱！這跟我有什麼關係？」

「夫人，」吉羅毫不留情地說，「我在偵查的不是一起謀殺案，是兩起謀殺案！就我所知的情況來說，這兩件案子都和你有關。」

「你竟敢如此？」她喊道，「你竟敢如此公開地羞辱我！」

「羞辱，是嗎？那這是什麼？」他再次把那根頭髮解開，高高舉起。「你看到了吧，夫人？」他逼近她，「你是否同意讓我比對一下？」

她呼喊著，向後退去，嘴唇發白。

「這是假的，我發誓。我對這案件什麼都不知道——兩起案件都不知道。若誰指控我，就是誰在撒謊！啊，天哪，我該怎麼辦呢？」

「鎮靜點，夫人，」吉羅冷冷地說，「眼下還沒有人指控你。不過，你必須好好地回答我的問題。」

「隨你吧，先生。」

「看看那死者，你以前見過他嗎？」

多布勒夫人向前走近一點，臉色稍稍平復了些。她夾雜著興趣和好奇的心理看著死者，然後搖搖頭。

「我不認識他。」

要懷疑她似乎不可能，因為她的話聽來非常自然。吉羅點了點頭，把她打發走了。

「你讓她走啦？」我壓低了嗓門問，「這是你的策略嗎？那根黑頭髮鐵定是她的。」

「我不需要人家教我怎麼做。」吉羅冷冰冰地說，「她會受到監視的，目前我還不想把她抓起來。」

他皺起雙眉，凝視著屍體。

「你認為，這會不會是個西班牙人？」他突然問道。

我仔細觀察死者的臉。

「不，」我最後說，「我倒相當肯定他是個法國人。」

吉羅不滿意地咕噥了一聲。

「也許吧。」

他在那裡站了一會，然後做了個命令的手勢，揮手要我讓到一邊去。他又再次匍匐於地上，繼續搜索著庫房的地面。他真不是蓋的，再小的東西也逃不過他的眼睛。他一吋吋地爬遍了地面，把所有的花盆都做了檢查，細心察看每一個舊麻袋。看到門邊有一堆東西，他迫不及待地衝向那裡，但那只是一件破舊的上衣和一條褲子。他咒罵了一聲，便將它們摔在地上。兩副舊手套引起了他的興趣，可是後來他搖搖頭，把它們放在一邊。然後，他又回到花盆這邊，把它們一只一只地翻倒過來。最後他站起身，出神地搖晃著頭。看來他遇到瓶頸，有些茫然。我猜他已經忘了我還在場。

就在此時，外面一陣騷動。我的檢察官老友，由他的書記和貝克斯先生陪同著，身後還跟著一名醫生，一起鬧烘烘地走進庫房。

「這太奇特了，吉羅先生，」阿于特先生喊道，「又是一起凶殺案！啊，我們第一宗案件還沒有理出頭緒，這可真令人想不透。這一次被害者又是誰呢？」

「這一點到現在還沒有人告訴我們呢，先生；還沒有任何人認出這是誰。」

「屍體在哪兒？」醫生問。

吉羅向旁邊讓開了一點。

「在角落那兒。你會看到那個人的心臟被人戳了一刀，用的就是昨天早晨失蹤的那把凶器。我想謀殺是在失竊以後就發生的——不過這一點得由你來判斷。那凶器你們可以拿去看看，上面沒有任何指紋。」

醫生在死者身邊彎著雙膝，吉羅轉向檢察官。

「小問題，不是嗎？我會解決的。」

「竟然沒有人認識他，」檢察官沉思地說，「會不會是凶手之一呢？他們也許會自相殘殺。」

吉羅搖搖頭。

「這是個法國人，我敢起誓……」

但是他們的話被醫生打斷了，他帶著困惑不解的神情坐在地上。

「你說他是昨天早晨被害的？」

「我是根據凶器失竊的時間來推測。」吉羅解釋道，「當然，他也可能是在白天稍晚時遇刺的。」

「白天稍晚？一派胡言！這人都死了至少四十八小時了，或許還要再早一點。」

在場的人都愣住了，大家面面相覷。

15／一張照片

醫生的話讓人如此意外，一時之間大家都理不出頭緒。死者是被裁紙刀刺死的。這把小刀就我們所知是二十四小時前被偷走的，但是杜蘭德醫生卻一口斷定，此人已經死了四十八小時了！整個事情實在是曲折離奇。

當我們尚未從震驚中清醒過來時，我收到了一封電報。電報是從旅館轉送到別墅來的。打開一看，原來是白羅發的，信中提到他將搭乘十二點二十八分的火車到梅蘭維。

我看了看錶，還來得及從容地到車站去接他。我認為應該讓他馬上知道案件的新發展，這是相當重要的。

顯然，白羅想在巴黎尋找的線索已有著落，我思忖著。只花了幾個小時，這麼快回來，就足以證明這一點。等我告訴他這個令人吃驚的消息時，真不知他將做何反應。

列車誤點了，我漫無目的地在月台上來回踱步，突然想到，可以詢問一下在出事當晚有誰曾搭末班車離開梅蘭維來消磨時間。

我走到那個看起來很精明的腳夫領班面前，沒花多大工夫就把他引入了話題。他激動地聲稱，若讓這幫匪類、歹徒逍遙法外，簡直是警方的恥辱。我暗示著，歹徒有可能是搭半夜的火車離開，可是他卻堅決否定。說要是有兩個外國人上車，他一定會注意到。那天乘車離去的才二十多人，他不可能沒注意到。

不知道我怎麼會突然產生這樣的想法……也許是瑪塔．多布勒那極度焦急的聲音吧。我突然問道：「雷諾少爺……他沒有搭那班車走吧？」

「呃，不，先生。他在半小時內到達車站又離開了，這不是什麼有趣的事，真是的！」

我對著他發愣，真的不明白他在說什麼。不過一會兒我懂了。

「你是說，」我的心怦怦直跳，「雷諾少爺那天晚上曾回梅蘭維？」

「是的，先生。搭十一點四十分的末班車到的。」

我感到一陣暈眩。原來，這就是瑪塔極為不安的理由。傑克．雷諾在案發當晚曾回過梅蘭維。但是他為什麼不明說呢？相反的，他為什麼要讓我們以為他一直待在瑟堡呢？回想起他那坦率的稚氣臉龐，我真不敢相信他會跟這件罪案有什麼牽連。然而這麼關係重大的事為什麼他不交代清楚？有一點卻是可以肯定的，那就是瑪塔自始至終知道這一切，所以她十分焦急，急於詢問白羅是否有人被懷疑。

火車進站打斷了我的思考，不一會兒我便走向了白羅。這小個兒容光煥發，微笑且大聲叫嚷著，並且忘記了英國式的拘謹，在月台上熱情地擁抱我。

「我親愛的朋友，我成功啦，完全成功啦！」

「真的嗎？聽到這點，我太高興了。你知道這兒的最新情況了嗎？」

「我怎麼會什麼都知道呢？那也就是說，有什麼新進展了吧。嗯，那英勇的吉羅，他逮捕了一個人，也許好幾個？啊，那小子，我一定會讓他看起來像個傻瓜！不過，你準備帶我到哪裡去，我的朋友？我們不回旅館嗎？我必須修整我的鬍子，它們被旅途的炎熱弄得毫無生氣了。再說，不用多想也知道，我的大衣必定沾滿了灰塵；還有我的領帶，也得重新整理一下了。」

我打斷了他的話。

「親愛的白羅，別管這些了。我們必須立刻到別墅去，那裡又發生了一起謀殺案！」

我從未見過一個人如此洩了氣，他的下巴垂了下來，洋洋得意的神情一下子煙消雲散，他張口結舌地瞪著我。

「你在說什麼？又有一起謀殺案？啊，那麼我全錯了，我失敗了，吉羅可抓到把柄來笑話我了！」

「你沒有料到吧？」

「我？壓根兒沒想到。它推翻了我的想法——它毀了一切，它……啊，不！」他捶著自己的胸膛不說話了，「這不可能，我不可能弄錯的！這些事實，我已經一件件理清楚，也按照先後次序安排好了，只能有一種解釋，我不會弄錯的！我一定是對的！」

「可是……」

他打斷了我。

「等等，我的朋友，我錯不了。因此這件新的謀殺案是不可能發生，除非……除非……唉，等等，我懇求你，先別說話。」

他沉默了一兩分鐘，然後恢復正常，用一種平靜而肯定的語調說道：「死者是個中年人，而屍體是在球場附近那個上鎖的庫房內發現的，特別的是，死者已經死亡至少有四十八小時，並且極有可能的是，他被刺的凶器跟雷諾一模一樣，當然並不一定刺在背上。」

這下子換成我目瞪口呆了——我確實愣住了。根據我對白羅的了解，他還從未表現過如此令人吃驚的本事呢，許多疑慮不免襲上我的心頭。

「白羅，」我喊道，「你在開我的玩笑吧，你是不是早就聽說這件事了。」

他那誠摯的目光責備地凝視著我。

「我會做這種事嗎？我向你保證，我什麼也沒聽說過。你難道沒留意到，我剛才聽到你的話時，滿臉驚愕的表情嗎？」

「可是你究竟是怎麼知道這一切細節的呢？」

「那麼，我沒說錯囉？我就知道我一定是對的。我的朋友，就是靠這些小小的灰色腦細胞，小小的灰色腦細胞！是它們告訴我的。只有這種可能，而且一定只有這樣，才可能發生第二起謀殺案，現在請把一切詳情都告訴我吧。若是我們向左轉，就能由近路經過高爾夫球場到達熱內維芙別墅的後院，這樣就快多了。」

我們按著他指示的路線走著，我把所知道的一切情形都告訴他。白羅仔細專注地聆聽。

「你說，那凶器還留在傷口上嗎？這就怪了。你能確定是同一把凶器嗎？」

「非常確定，但這簡直是不可能的事。」

「沒有不可能的事，或許有兩把相同的刀子。」

我揚起了雙眉。

「當然，但這不大可能吧？果真如此，那鐵定是最奇妙的巧合。」

「你就像往常一樣，說話欠缺思考，海斯汀。在某些情況下，有兩件相同的凶器是絕對不可能的，但現在不是這種情況。這把特殊的凶器是根據傑克・雷諾的設計所特製的戰爭紀念品。你想想，他難道只製造一把？事實上，不會是這樣的，很可能他還製造了另一把放在身邊。」

「可是沒人提過這件事呀。」我反駁說。

白羅的語調中隱約流露出教訓的口吻。

「我的朋友，在處理一起案件時，我們不能只考慮已經『提過』的事。沒理由誰一定要提到可能是很重要的事，甚至，或許有充分的理由不去提到它們的重要性。這兩種解釋，你可以任意選擇一種。」

我默不吭聲，感覺他講的話很有道理。一會兒，我們就來到那已經聲名遠播的庫房了。我們所有的朋友都在那裡。寒暄片刻後，白羅便開始著手工作。

我曾經看過吉羅的工作模樣，因此白羅的偵查令我更感興趣。白羅大致地向周圍看了一眼，只有檢查一下門旁的那堆破舊上衣和褲子。一絲不屑的微笑浮上了在旁吉羅的嘴角。白羅似乎也注意到了，就把衣服扔在一邊。

「這是花匠的舊衣服吧？」他問道。

「一點都沒錯。」吉羅說。

白羅在屍體旁邊蹲了下來，用手指迅速而有條理地檢查著衣服的質地，對衣服上沒有裁縫字號感到滿意。他特別仔細檢查了靴子和那骯髒且折斷了的指甲。在檢查指甲的時候，他急促地問吉羅：「你看過這人的指甲？」

「看過了。」吉羅回答說，他的表情仍然難以捉摸。

突然，白羅挺直了身子。

「杜蘭德醫生！」

「叫我嗎？」醫生走向前去。

「屍體的嘴唇有白沫，你注意到了嗎？」

「我承認我沒注意到。」

「那你現在看見了吧？」

「唔，當然。」

白羅又問吉羅：「不用說，你已經注意到了。」

吉羅沒有回答，白羅繼續他的檢查。那把刀子已從傷口裡取出，放在屍體旁一個玻璃缸裡面。白羅檢查了刀子，然後再仔細察看傷口。他抬起頭時，眼神看起來很激動，閃爍著我所熟悉的綠色光芒。

「這是一個不一樣的傷口，很乾淨，沒有血，衣服上也沒有血跡。只有刀口稍微有點變色，你認為怎樣，醫生先生？」

「我只能說，這很不尋常。」

「這根本沒有什麼不尋常，而是很簡單的事實，這人是死後才被刺下一刀的。」白羅揮了揮手，平息了喧嚷聲，然後轉向吉羅問道：「吉羅先生也同意我的看法，是不是？」

不管吉羅是不是真的相信，他不動聲色地應付這一場面，只是平靜而不屑地回答：「當然，我同意。」

現場又響起充滿了驚訝和感興趣的騷動聲。

「好主意！」阿于特先生叫道，「死後再戳他一刀！真是野蠻！沒聽說過有這樣的事！也許有什麼不共戴天的仇恨。」

「不，」白羅說，「我必須聲明，這是在頭腦非常冷靜的情況下做的，為了製造假象。」

「什麼假象？」

「這差點就成了假象。」白羅玄妙地說。

貝克斯一直在思索著。

「那麼，這人是怎麼被殺的呢？」

「他不是被殺的，他是生病死的。如果我沒弄錯，他是癲癇發作致死的。」

白羅的這句話又引起了很大的騷動。杜蘭德醫生再次彎下膝蓋做一次更徹底的檢查，最後他站起身來。

「白羅先生，我相信你的判斷是正確的。我一開始就被誤導，以為這人遇刺是個不用爭辯的事實，使得我忽略了別的跡象。」

白羅一時間變成了英雄，檢察官連聲讚不絕口。白羅神情自若地接受著眾人的稱讚，接著就向大家告辭了，推說我們兩人尚未吃午飯，並說他希望能消除一下旅途的勞頓。當我們正要離開庫房時，吉羅走了過來。

「還有一件事，白羅先生，」他用一種斯文又嘲弄的口吻說，「我們發現這東西繞在凶器的刀柄上，是一根女人的頭髮。」

「啊！」白羅說，「一根女人的頭髮？哪個女人的？我不明白。」

「我也不明白。」吉羅說完，鞠了一個躬走了。

「他還在堅持己見，好一個吉羅。」我們走向旅館時，白羅思忖著說，「我不明白他想要把我們誤導到什麼方向！一根女人的頭髮，嗯！」

我們大口吃著飯，但我發覺白羅有點心不在焉。飯後，我們上樓回到我們房間的客廳，我要求他把神祕的巴黎之行說給我聽。

「我很樂意，我的朋友，我到巴黎就是為了找這個。」

他從口袋裡取出一張小小的剪報，這是一張女人照片的印刷品。他把照片遞給我，我不禁失聲叫了起來。

「你認識她，我的朋友？」

我點點頭。雖然照片很顯然是多年前拍攝的，而且頭髮和衣著的款式都不一樣，但是容貌相似是錯不了的。

「多布勒夫人！」我叫道。

白羅微笑著搖了搖頭。「不完全正確，我的朋友，那時她不叫這個名字，這張照片就是聲名狼藉的貝羅迪夫人！」

貝羅迪夫人！剎那間我回想起整個事件，那曾引起全世界注目的謀殺案。

貝羅迪事件！

16 貝羅迪事件

話說在二十年前左右，有個里昂人阿諾德．貝羅迪先生，他帶著漂亮妻子和一個尚在襁褓中的小女兒來到了巴黎。貝羅迪先生是一家釀酒商的小股東。這個壯實的中年人單純善良，對他迷人的妻子十分忠誠，但他本人卻一點也不起眼。貝羅迪先生與人合夥經營的公司規模不大，雖說生意不錯，但尚不足以為這個小股東帶來大筆收入。剛開始，貝羅迪夫婦僅有一間小小的寓所，過著十分簡樸的生活。

然而，儘管貝羅迪先生貌不出眾，但他的妻子十分浪漫。於是年輕貌美、儀態萬千的貝羅迪夫人立即風靡了當地居民，大家私下傳說著她那神祕的身世。謠傳說，她是一位俄羅斯大公的私生女；也有人說，是一位奧地利公爵的私生女，據說婚姻是合法的，但門不當戶不對……總之是眾說紛云，然而各種傳說在某一點上卻不謀而合，那就是傑妮．貝羅迪是某件緋聞中的女主角。

在貝羅迪夫婦的朋友和認識的人當中，有位年輕的律師，名叫喬治．康諾。沒有多久，迷人的傑妮顯然征服了他的心。她小心地引誘這個年輕人，但始終不忘表白自己是絕對忠於那中年的丈夫。然而，不少多事的人們卻堅稱，年輕的康諾是她的情人——而且不是唯一的一個！

貝羅迪夫婦在巴黎住了約三個月後，另一個人闖進了他們的生活，那就是海勒姆．特拉普先生，一個美國的有錢少爺。他與迷人而神祕的貝羅迪夫人結識後，立刻對她大為傾心。他毫不掩飾自己的仰慕之情。大約就在這個時候，貝羅迪夫人逐漸公開自己的祕密。她對幾個朋友說，她非常為自己的丈夫擔憂，因為他曾捲入某個政治陰謀。她還提到她丈夫受人之託，保存著一些十分重要的文件，這些文件關係到對歐洲政局有深遠影響的一項「機密」，這份文件之所以由她丈夫保管，是為了把想獲得這些文件的人引到別的地方，但是在認識了巴黎革命黨中的幾個重要人物之後，貝羅迪夫人心裡害怕了起來。

十一月二十八日這一天，發生事情了。一個每天給貝羅迪夫婦打掃幫傭的婦人看到寓所的門敞開著，感到十分吃驚。又聽到臥室內發出微弱的呻吟聲，她便走了進去。一個可怕的景象呈現在她的眼前：貝羅迪夫人正躺在地板上，手腳被綁著，痛苦地呻吟，掙扎著要將堵住嘴的東西吐出來。貝羅迪先生則躺在床上，置身於血泊之中，一把刀子刺進了他的心臟。

貝羅迪夫人的描述非常清楚詳細：當她從睡夢中突然驚醒時，看到兩個戴著面具的男子正俯視著她。他們沒讓她喊出聲，就捆住了她的手腳，堵上她的嘴，之後就向貝羅迪先生索取那項人盡皆知的「機密」。

但是這忠誠的釀酒商斷然拒絕了他們的要求。這使其中的一個歹徒怒不可遏，這人一下子就把刀子刺進他的心臟。後來他們拿了死者的鑰匙，打開了放在角落的保險箱，取走了一大批文件。這兩個人都留著濃密的鬍鬚，戴著面具，但是貝羅迪夫人斷定他們是俄國人。

這起事件轟動一時，但隨著時間消逝，神祕大鬍子的蹤跡卻始終沒被發現。正當人們的興趣逐漸消逝的時候，案情出現了驚人的發展：貝羅迪夫人被捕了，被控謀殺親夫。

這樁審判引起了廣泛的討論，年輕貌美的被告以及她那神祕的身世，使得這事成為轟動一時的案件。

經過證實，傑妮．貝羅迪的父母是一對極為正派的平凡夫妻，是居住在里昂郊外的水果商。而那些什麼俄羅斯大公、宮廷密件、政治陰謀等等的耳語，都出自這位夫人！於是她的真實身分被徹底拆穿了。而謀殺的動機就在於海勒姆．特拉普先生。特拉普先生盡了最大努力要隱藏，但當他被法官毫不留情、尖銳地盤問時，他不得不承認他是愛著這位夫人的，並且表示，如果她沒有丈夫，他一定會向她求婚。雖然兩人之間的關係還只限於精神方面的層次，但這一事實對被告反而更為不利。法庭判斷，由於特拉普是位正人君子，傑妮．貝羅迪因此不可能做他的情婦，所以她計畫了一切，把她那上了年紀又庸碌的丈夫除掉，這樣她就可以名正言順地做那位美國有錢少爺的妻子。

從頭到尾，貝羅迪夫人面對著她的控告，始終從容自然、鎮靜自若，她的陳述也始終如一。她仍然一口咬定自己是貴族出身，是幼年時被人掉換而成了一個水果商的女兒。儘管這些話荒謬至極且毫無根據，但卻有不少人信以為真。

起訴過程是毫不留情的。那兩個戴面具的「俄國人」被駁斥為無稽之談，謀殺被認為是由貝羅迪夫人和她的情夫喬治．康諾合謀的。法院對後者發出了拘捕令，他卻掩人耳目地失蹤了。證據就是那條用以捆綁貝羅迪夫人的繩子，簡直鬆到她可以毫不費力地掙脫掉。

審訊接近結束時，檢察官接到了寄自巴黎的一封信。寫信人是喬治．康諾，他在信中供認了全部罪行，只是隱瞞了自己的藏身地點。他指稱，他是受到貝羅迪夫人的唆使才對她丈夫下毒手。謀殺是兩人合謀策畫的。他認為丈夫虐待她，而他對她的情欲使他失去了理性；他還以為她也同樣愛著他，因此他策畫了這樁罪行，殺了人，以便把他心愛的女人從可憎的羈絆中解脫出來。現在，他第一次知道有海勒姆．特拉普這個人的存在，並且得知原來是他心愛的女人出賣了他，她說她想要得到解脫，原來不是為了他，而是準備要嫁給那個美國有錢人。她利用了他，現在他妒火中燒，反過來要告發她，聲稱他自始至終受到她的指使。

接下來，貝羅迪夫人的行為證明了她不是個省油的燈。她毫不猶豫地一下子把先前的辯詞推翻個精光，並且承認兩個「俄國人」的說法完全是她編出來的。真正的凶手是喬治．康諾。康諾對她的迷戀使他喪失了理智，因而犯了罪，他還發誓說，如果她敢洩漏半句，就要對她進行可怕的報復。他的威脅使她害怕極了，她只好答應，她還擔心如果她說了實話，很可能會被指控為共犯。但是她堅決不再與謀殺她丈夫的凶手有任何來往。而他寫的這封檢舉信，就是出於對她的報復。她嚴肅地宣誓，這一切罪行與她毫無關係，還說在那個難忘的晚上，當她醒來時，親眼看到喬治．康諾站著俯視她，手裡握著一把血跡斑斑的刀子。

這個說法可說是個大逆轉。貝羅迪夫人的自白很難使人信服，可是她對陪審團的說詞可稱得上是史上一大傑作。她淚流滿面地提到了她的孩子，她身為女人的名譽，以及她為了自己的孩子要保持清白的名聲等等。她承認，喬治．康諾曾經是她的情夫，因此她在道義上對這樁罪行也許該負點責任——可是她向上帝發誓，僅止於此。她知道，她沒有依法檢舉康諾是犯了一個相當大的錯誤，她泣不成聲地說，但這卻是任何女人都做不到的事情呀！畢竟她曾經愛過他，難道她能說服自己親手把他送上絞刑台嗎？她罪孽深重，但在歸罪於她的那樁殘忍罪行上，她是無辜的。

不管怎樣，她的伶俐口才和形象使她占了上風。貝羅迪夫人在少有的熱烈歡呼聲中被判無罪。

儘管警察當局盡了一切努力，喬治．康諾的蹤跡卻始終杳無音訊。至於貝羅迪夫人，她也銷聲匿跡了。她帶著孩子離開了巴黎，開始了新的生活。

17 進一步的偵查

我已把貝羅迪案件整個敘述了一番。當然在重述時，我並不能回憶起全部的細節。雖然如此，我的回憶還是相當準確。因為當時這件案子轟動一時，英國的報紙也有詳細記載，因此我不用花很大工夫就能回憶起主要的情節。

興奮之餘，雷諾事件好像已經真相大白。我承認我很容易感情衝動，白羅常對我輕易就下結論的習慣很不以為然，但是我認為這次我是有憑有據。這個發現證實了白羅的論點，而他所用以證明論點的奇妙方法著實令我大為欽佩。

「白羅，」我說，「向你道賀，現在我什麼都明白了。」

白羅分秒不差地在他慣常吸菸的時間點上了一支菸，然後抬起頭來。

「既然你什麼都已明白，我的朋友，那你說說，你究竟明白了些什麼？」

「呃，多布勒夫人也就是貝羅迪夫人，她對雷諾先生下了毒手。兩起案件有相似之處，無疑地證明了這一點。」

「那麼你認為貝羅迪夫人當時被宣判無罪是錯誤的了？而根據事實，她是犯下謀殺親夫的罪行了？」

我睜大眼睛。

「當然囉！你不是也這樣想的嗎？」

白羅走到房間的另一邊，心不在焉地調整了一下椅子，然後沉思地說：「是的，我也是這麼認為。不過，我的朋友，這裡面沒有所謂『當然』的問題。根據法律來說，貝羅迪夫人是無罪的。」

「也許，在那個案件中她是無罪的，可是在這個案件中就不一定了。」

白羅又坐了下來，審視著我，陷入了更深的沉思。

「那麼，海斯汀，你的意思是說，多布勒夫人就是殺害雷諾先生的凶手？」

「對。」

「為什麼？」

他的問題如此突然，不由得使我愣住了。

「為什麼？」我張口結舌地說，「為什麼？哦，因為……」我講不下去了。

白羅對我點點頭。

「你看，你一下子就碰到了絆腳石。為什麼多布勒夫人（為了清楚起見，我暫且這樣稱呼她）要殺害雷諾先生呢？我們找不到任何動機呀。他的死對她沒有好處，因為這樣一來，她既當不成情婦，勒索也行不通了。記住，沒有動機，就不會有謀殺案發生。但第一起凶殺案可就不一樣了——在那次，有個多金的情人等著做她的丈夫。」

「金錢不是謀殺的唯一動機。」我表示異議。

「對，」白羅平心靜氣地表示同意。「除此之外還有兩個動機。一是crime passionnel[33]；而第二種是較為罕見的，那是為了某種特定主張而進行的謀殺，這種情況往往是由於謀殺者的精神狀態異常。殺人狂和宗教狂就屬於這一範疇。可是這一點，在本案中我們可以排除掉。」

「可是就第一種情形，你能排除嗎？如果多布勒夫人是雷諾的情婦，她一旦發現他對她的愛情逐漸冷淡，或者說有什麼別的女人引起她的嫉妒，難道她不會一時妒火中燒對他下毒手嗎？」

白羅搖搖頭。

「如果——請注意，我是說如果——多布勒夫人是雷諾的情婦，他根本就沒有機會拋棄她呢。而且不管怎麼說，你沒有弄清楚她的個性，這個女人在感情上是否擅長偽裝呢？她可

33 法語，意思是「因情愛所導致的犯罪」。

不是個普通的演員。如果，你對她做冷靜的觀察分析，她的所有經歷在在證明那和她的外表完全不同。我們不妨思考一下她的過去、她一生的行事為人。她的任何動機、所有行動，哪個不是冷酷無情？哪個不是經過深思熟慮？她殺害丈夫，並不是為了要和那個年輕的情人結婚。那個有錢的美國人才是她的目標，儘管她對他可能根本沒有感情。如果要她犯罪，那一定是因為有利可圖，可是這樁案子她可撈不到什麼好處。再說，挖那個墓穴又做何解釋？那可是男人才能做的事呢。」

「她可能有共犯。」我不願放棄自己的主張，這麼試探著說。

「我來談談另一個反對意見吧。你提過，兩起案件有相似之處，我的朋友，相似點在哪裡呢？」

我愕然地盯著他看。

「呃，白羅，這是你自己說的！什麼戴面具的歹徒呀、『機密』文件等等。」

白羅淡淡一笑。

「我求你別生這麼大的氣，我一點也不否認，這兩個故事的相似處，很自然地就讓我把這兩起案件連結在一塊了，可是有些奇怪的情況需要想一想。告訴我們這個故事的不是多布勒夫人——如果是她說的，那麼一切都大功告成了——說故事的可是雷諾夫人，難道她與多布勒夫人同謀嗎？」

「我不信，」我緩緩地說，「如果真是這樣，那她可真是世界上獨一無二的演員。」

「喏，喏，」白羅忍不住地說，「你又感情用事，不用理性思考了。要說犯罪的人必須是個獨一無二的演員，那麼就算她是個優秀的演員吧。但問題在於有沒有必要如此呢？根據幾個理由，我認為雷諾夫人並未與多布勒夫人串通，其中有些理由我已經告訴過你，而其他理由是不需多做說明。因此，排除了這個可能性後，我們已經很接近事實的真相了，而事實的真相往往是相當離奇有趣的。」

「白羅，」我叫道，「你是不是還知道些什麼？」

「我的朋友，你得整理出自己的結論。你已經『掌握了事實』，現在只需集中你的灰色腦細胞，像你的朋友赫丘勒・白羅那樣進行推理；但千萬別學吉羅喔。」

「可是你很肯定嗎？」

「我的朋友，也許我在很多方面是個糊塗蟲，但是我最後總能看清事實。」

「我已經發現雷諾先生要我發現的東西。」

「你已經都知道啦？」

「你知道誰是凶手？」

「我知道一個凶手。」

「你這是什麼意思？」

「也許我們談的對象不是同一個。這兒發生的不是一起案件，而是兩起。第一起我已解決了，至於第二起——好吧，我得承認我還沒有完全的把握！」

「可是，白羅，我記得你說過，庫房裡的那個人是自然死亡的。」

「喏，喏！」白羅不耐煩時，總喜歡這麼喊。「你還不了解。一樁罪行發生，很可能當中沒有凶手；可是兩樁罪行發生，就一定有兩具屍體。」

他這麼語無倫次，實在讓我摸不著頭緒，我不免焦急地望著他。但是他看起來又完全和平時一樣。突然，他站起來走到窗前。

「他來啦。」他說。

「誰呀？」

「傑克．雷諾先生。我派人送了一張字條到別墅，請他過來這兒一趟。」

傑克．雷諾的出現改變了我的思路。於是我問白羅，他是否知道在出事的當晚，傑克．雷諾人在梅蘭維？我原想抓住我那小個子朋友的漏洞，可是他像往常一樣地無所不知，原來他也在車站打聽過了。

「毫無疑問，海斯汀，這不是我們的先見之明。那了不起的吉羅可能也曾打聽過。」

「你不認為……」我說著，又停住了，「啊，不，這太可怕了。」

白羅帶著詢問的眼光看著我，但我閉口不言了。其實我剛才突然想起，跟這樁案件有直接或間接牽連的有七個女人——雷諾夫人，多布勒夫人和她的女兒，那神祕的訪客，還有三個女僕，可是卻只有一個男人——傑克．雷諾，至於那老花匠奧斯特不算數，可以排除，然而那墓穴可以確定是一個男人挖的。

我來不及進一步好好思考這個既可怕又突如其來的念頭，因為傑克．雷諾已被招呼進了房間。

白羅禮貌地接待了他。

「請坐，先生，非常抱歉打擾你了，不過你也許明白別墅的氣氛對我不太合適。吉羅先生和我對事物的看法不一致，他對我的態度也不夠周到有禮。因此你了解，我不願讓我任何細微的發現為他帶來好處。」

「說得是，白羅先生，」那青年說，「吉羅那傢伙是個十足的混蛋，若看到有人能挫挫他的傲氣，我才高興呢。」

「那麼我可以請你幫個小忙嗎？」

「當然可以。」

「我要你現在出發到火車站，乘車到下一站阿巴拉克。你可以在詢問室問一下，是否有兩個外國人在凶案的當晚寄放過一只手提箱。這是個小站，一定會有人記得他們的，你願意這樣做嗎？」

「當然願意。」那青年說。儘管他樂意接受這個任務，但著實感到有些莫名其妙。

「你明白，我和我的朋友在別處還有事要辦呢。」白羅解釋說，「十五分鐘後就有一班火車。我想請你別回別墅去了，因為我不希望吉羅知道你有這個特別任務。」

「好吧，那我這就直接去車站。」

他站起身來。白羅喊住了他。

「等等，傑克先生，有件小事使我百思不解。今天早晨，為什麼不對阿于特先生說明，出事的那天晚上你人在梅蘭維呢？」

傑克．雷諾的臉馬上變得通紅，他努力克制著自己。

「你弄錯了，我在瑟堡，今天早晨我已對檢察官說過。」

白羅望著他，像一隻貓似的瞇著眼睛，只露出一絲綠光。

「那麼在這點上我的推理就大錯特錯了，因為車站的人記錯了，他們告訴我，你是搭十一點四十分的那班車回到梅蘭維的。」

傑克．雷諾躊躇了一會兒，然後下了決心。

「倘若我真是如此，那又怎麼樣？我想你總不至於指控我謀殺我父親吧？」他不服氣地問道，頭朝後一仰。

「我需要你解釋一下，你回到這兒來的理由。」

「那還不簡單，我來探望我的未婚妻多布勒小姐。我即將出發遠行，也不知道什麼時候才能回來。在我離去以前我要告訴她、向她保證，我對她的心永遠不變。」

「你見到她了嗎？」白羅的眼睛直盯著對方的臉。

隔了好一會兒，雷諾才回答：「見到了。」

「後來呢？」

「我發現我誤了最後一班車，只好步行到聖博韋[34]，硬敲了一家汽車行的門，租到一輛車把我送回瑟堡。」

「聖博韋？那至少有十五公里，很長的距離呀，傑克先生。」

「我……我喜歡步行。」

白羅點了一下頭，表示接受他的解釋。傑克・雷諾拿起帽子和手杖走了。突然白羅跳了起來。

「快，海斯汀，我們跟著他。」

我們隨著跟蹤的目標穿過了梅蘭維的街道，一直與他保持著相當的距離。但是當白羅看到他轉彎走向車站時，就不再向前走了。

「一切順利，他中了圈套。他一定會到阿巴拉克，去詢問那兩位神祕外國人所留下的神祕手提箱。是呀，我的朋友，那可是我一個小小的策略。」

「你要把他打發掉！」我驚呼道。

「你的洞察力真驚人哪，海斯汀！現在，如果你願意，我們就上熱內維芙別墅去吧。」

34 聖博韋（St. Beauvais），法國北部地名，離巴黎西北四十二哩。

18 吉羅採取行動

到達別墅後，白羅直奔發現第二具屍體的庫房。他不直接走進去，卻在長椅那裡停住了。那長椅我先前已說過，離庫房有數碼之路。他默默思索了一兩分鐘後，小心地又走向隔開熱內維芙別墅和瑪格雷別墅之間的那座籬笆，然後一面踱步回來，一面頻頻點頭。回到籬笆那裡後，他用雙手把矮樹分開。

他回過頭對我說：「若是運氣好，瑪塔小姐可能在花園裡。我要找她談話。我可不願意到瑪格雷別墅去做正式訪問。啊，很順利，她在那兒呢。嗨，小姐！嗨！Un moment, s'il vous plaît[35]。」

瑪塔．多布勒聽到他的叫聲，顯得有些驚訝，她奔跑過籬笆時，我也剛好走到了白羅那裡。

「如果你不介意的話，小姐，我有些話要跟你談。」

「好的，白羅先生。」

儘管她嘴裡同意，但她的眼睛卻顯得不安、害怕。

「小姐，你記得，那天我跟檢察官一起來你家時，你在路上跑著追我，那時你問過我，這樁罪案有誰被懷疑是凶手。」

「你告訴我說有兩個智利人。」她有些上氣不接下氣地說，左手不由自主地按著胸口。

「你還要問我同樣的問題嗎，小姐？」

「你這是什麼意思？」

「是這樣的。如果你再問我這個問題，我就要給你另一個答案了。其中有一名嫌疑犯，他可不是智利人。」

「誰？」這字從她張開的嘴唇說出來，聲音很輕。

「傑克．雷諾先生。」

「什麼？」一聲慘呼。「傑克？不可能。誰敢懷疑他？」

「吉羅。」

「吉羅！」女郎的臉變得慘白，「我怕那個人，他很殘忍無情，他會……他會……」

35 法語，意思是「請等一等」。

她說不下去了。她的臉上逐漸露出一絲勇敢和堅毅。我覺得在那一刻她好似個戰士。白羅也專心地注視著她。

「謀殺的當晚他在這兒，這一點你當然是知道的。」

「是的，」她愣愣地回答著，「他對我說過。」

「若想隱瞞事實是不智的。」白羅冒出一句話。

「是呀，是呀，」她不耐煩地回答說，「可是我們不能浪費太多時間懊悔，我們得趕緊想辦法救他才行。當然，他是無辜的，可是跟吉羅打交道幫不了他的忙。吉羅那種人只知顧著自己的名聲，他一定會抓個人交差，而那個人八成就是傑克。」

「但事實也對他不利呀，」白羅說，「這點你可意識到？」

她正視著他。

「我不是個孩子，先生。我有勇氣面對事實。他是無辜的，我們一定得救救他。」

她絕望似地用力說著，接著又不作聲了，眉頭深鎖地沉思著。

「小姐，」白羅說，一面仔細端詳著她，「你有什麼可以告訴我們卻沒有說出來的事情嗎？」

她害怕地點點頭。

「是的，有件事，可是我不知道你會不會相信——這事太不可思議了。」

「不管是什麼，請告訴我們吧，小姐。」

「事情是這樣的：吉羅把我叫了去，這是他事後才想起來的，要我再想想那個人。」她用頭示意那庫房。「我認不出來，至少在當時我認不出來。但這陣子我心裡一直在想……」

「唔？」

「看來好像不太可能，但我幾乎可以確定。我告訴你好了，雷諾先生遇害的那天早晨，我正在花園裡散步，忽然聽到有男人在爭吵的聲音。我把矮樹推向一邊望過去，其中一位是雷諾先生，另一位是個流浪漢，他穿得又髒又破，樣子很可怕。他一會兒哭喊著，一會兒又威脅著。我猜想他是在要錢，可是那時候媽媽剛好在屋裡叫我了，因此我只好走開。就是這麼回事，只是……我幾乎可以確定那流浪漢和庫房裡的屍體是同一個人。」

白羅發出一聲驚呼。

「可是那時候你為什麼不說呢，小姐？」

「因為我只是隱隱約約覺得這人的臉孔有些眼熟，可是他們的服裝不一樣，庫房裡那個人的穿著，看來好像滿有地位的。」

從屋裡傳出了一陣叫聲。

「是我媽，我得走了。」瑪塔低語說，就從樹叢中穿了過去。

「跟我來。」

白羅說，一面拉著我的手朝別墅走去。

「你心裡究竟怎麼想的？」我略帶好奇地問，「那故事是真的，還是那女孩編出來好讓人不致懷疑她的情人？」

「這故事可離奇了，」白羅說，「可是我相信這完全是真的。瑪塔小姐在無意中對我們說了實話，但也間接地指出傑克．雷諾在說謊。當我問他出事的那天晚上有沒有看到瑪塔．多布勒的時候，你注意到他的侷促不安嗎？他停了好一會兒才說『見到了』，那時我就懷疑他在說謊。在他提醒她防備我之前，我必須先來見見瑪塔小姐。幾句短短的話已提供了我需要的情報。當我問她知不知道那天晚上傑克．雷諾在這裡，她回答說：『他對我說過』。你看，海斯汀，在那個多事的夜晚，傑克．雷諾究竟在做什麼？而且如果他沒看到瑪塔小姐，他又遇到了誰？」

「說實在的，白羅，」我嚇得呆住了，叫道：「你該不會認為那個孩子謀殺了親生父親吧？」

「我的朋友，」白羅說，「你還是那種感情用事的頑固派。我曾看過一個做母親的為了詐領保險金，親手謀殺了自己的嬰兒！這種事都發生了，那還有什麼是不可能的？」

「那麼動機呢？」

「當然是金錢囉。別忘了這點，傑克．雷諾以為父親死後他可以得到一半的財產。」

「可是那流浪漢又能得到什麼好處？」

白羅聳聳肩。

「吉羅會說他是個共犯——一個夥同小雷諾作案的壞蛋，後來卻被除掉以便滅口。」

「可是那纏繞凶器的頭髮又做何解釋呢？那是根女人的頭髮。」

「啊？」白羅滿臉堆笑說，「那是吉羅一個精采的小把戲，倘若真如他所說的那樣，那鐵定就不會是根女人的頭髮。你看看，現在的年輕人都用髮油把頭髮從前額往後梳，理出平順的造型，這種頭髮也相當長。」

「那你認為那是根男人的頭髮囉？」

「不，」白羅說，帶著一種不可言喻的笑容，「因為我知道那是一根女人的頭髮——而且，是哪個女人的頭髮！」

「多布勒夫人。」我肯定地說。

「也許。」白羅說，一面探詢似地瞧著我。但是我控制自己不被他惹惱。

「那我們現在怎麼辦？」我們走進熱內維芙別墅的門廳時我問。

「我想搜查一下傑克．雷諾的東西，我不得不打發他離開幾個小時就是這個原因。」

白羅俐落且有條不紊地打開每個抽屜，逐一檢查裡面的東西，又把它們一一放回原處，這真是個無趣的過程。白羅翻遍了衣領、睡衣、襪子等等。突然間，外面叭的一聲把我吸引到窗邊。立時，我像通了電似地彈跳起來。

「白羅，」我喊道，「剛剛開來一輛汽車，坐著吉羅，還有傑克．雷諾和兩個憲兵。」

「該死！」白羅咆哮著，「吉羅這個混蛋，難道他就不能再等一會兒？我恐怕來不及把最後一個抽屜裡的東西放好了。來，我們快點吧。」

他不管三七二十一地把東西都翻倒在地板上，大都是領帶、手帕之類的。突然白羅發出一陣勝利的呼聲，他向一樣東西猛撲了過去。那是一張小小四方形的硬紙片，顯然是一張照片。他把照片往口袋裡一塞，再把全部東西一股腦兒地放回抽屜中。然後他抓住我的肩膀，把我拉出了房間跑下樓去。吉羅站在門廳那兒，正端詳著他的囚犯。

「你好，吉羅先生，」白羅說，「這是怎麼回事？」

吉羅點點頭，看著傑克。

「他剛才想逃走，可是沒成功，我是很精明的。他已被指控謀殺他的父親保羅・雷諾而遭到逮捕。」

白羅轉過身去面對著那名青年。傑克・雷諾無力地靠在門上，臉色灰白。

「你有什麼要說的，年輕人？」

傑克・雷諾木然地直瞪著白羅。

「沒有。」他說。

19 我的灰色腦細胞

我簡直是目瞪口呆。直到剛才以前，我還不相信傑克·雷諾有罪。當白羅要他回答時，我原本期待他會以肯定的聲音宣稱自己無罪。可是現在，看他軟弱無力地倚著牆站著，臉色灰白，又聽到他親口承認有罪，也由不得我再懷疑了。

但是白羅轉身對著吉羅。

「你有什麼證據逮捕他？」

「你要我把證據拿給你看？」

「是的，作為一種交流吧。」

吉羅帶著戒心望著他，既想粗魯地拒絕，又想向他的對手炫耀一番，因而猶豫不決。

「你認為我犯了個錯誤吧，我想？」他嗤笑著。

「這個我是不會感到奇怪的。」白羅帶著點惡意說。

吉羅的臉紅了。

「好啊，到這裡面來吧，我讓你自己去判斷。」

他推開了客廳的門，我們走了進去，外面留下傑克．雷諾和兩個看管他的人。

「現在，白羅先生，」吉羅一面把帽子放在桌上，一面用極度譏誚的口吻說著，「我想稍微指點你一些真正的偵查方式，這樣你會了解我們現代人所用的方法。」

「很好！」白羅自己鎮靜下來聽著。「那你也會發現，老一輩的人是相當有耐心仔細聆聽。」於是他靠著椅背，閉上了眼，接著又睜開說了一句：「別擔心我會睡著，我會洗耳恭聽的。」

「當然，」吉羅開始說，「我一下子就識破了什麼智利人的胡言亂語。是有兩個傢伙涉入，可是他們不是什麼神祕的外國人，那全是騙人的。」

「你說得沒錯，親愛的吉羅。」白羅喃喃地說，「尤其是他們那些自以為聰明的布局，什麼火柴、菸頭啦。」

吉羅瞪了他一眼，又繼續說：「這案件必須有個男人參與，為的是要挖掘那個墓穴。實際上沒人能從這樁罪行中獲得利益，但有一個人，他以為自己可以得到好處。我聽說傑克．雷諾跟他父親發生過爭吵，也聽說了過程中他口出種種威脅，因此證明他有動機。至於手法嘛，傑克．雷諾那天晚上在梅蘭維。他隱瞞了這個事實，這樣反而把疑點全變成了肯定。接著我們發現了第二個被害人，他是被同一把刀子刺死的。我們也知道那把刀子是什麼時候被偷的，海斯汀上尉在這兒可以證實刀子被偷的時間。當時傑克・雷諾已從瑟堡回來，是唯一可能拿到這把刀子的人，至於其他人我都已排除了可能性。」

白羅插話說：「你錯了。還有另外一個人，他也可能拿到這把刀子。」

「你是指斯托納先生？他是從前門進來的，而且是從加來直接乘汽車來的。啊！相信我吧，我什麼都調查過了。傑克・雷諾先生則是搭火車來的，在他到達梅蘭維和他在屋內現身中間有一個小時。無疑的，他一定看到海斯汀上尉和他的朋友一起離開庫房，於是自己就溜了進去，拿了凶器，把他的共犯刺死在庫房裡……」

「這人早已死啦！」

吉羅聳聳肩。

「也許他沒有注意到這一點，也許他以為他睡著了呢！可以肯定的是，他們原先約定好要碰面。不管怎樣，他知道這第二起謀殺會使案情變得更加複雜，而事實也誠如他所想的那樣。」

「可是這騙不了吉羅先生啊。」白羅低聲說道。

「你在取笑我嗎？那麼我再告訴你一個不容辯駁的事實：雷諾夫人說的是假話——從頭到尾都是編出來的。我們相信雷諾夫人是愛她丈夫的，可是她卻以撒謊來掩護殺害她丈夫的凶手。一個女人肯為誰撒謊呢？有時候為她自己，不然就是為了自己所愛的人，那往往就是自己的孩子。這是最後且無從辯駁的證據，你推翻不了它。」

吉羅不說了，臉紅紅的，顯得洋洋得意。白羅冷靜地注視著他。

「那就是我的看法，」吉羅說，「你有什麼意見嗎？」

「只有一件事你沒考慮到。」

「什麼事？」

「據推測，傑克．雷諾很熟悉高爾夫球場的設計，他應該知道，只要有人挖球洞，屍體立刻就會被發現。」

吉羅大聲笑起來。

「你說這話簡直是不用大腦！他就是要人家發現這屍體！唯有屍體被發現，他才能確定父親已經死了，否則他是不可能繼承遺產的。」

當白羅站起身來時，我看到他的眼睛閃耀著綠色光芒。

「那又何必要把屍體埋起來？」他輕輕地問道，「再想想吧，吉羅。既然屍體立刻被發現對傑克．雷諾有利，那他為什麼還要挖一個墓穴呢？」

吉羅沉默不語，這個問題他未曾想過。他聳聳肩，似乎在暗示這一點並不重要。

白羅朝門走去，我跟隨著他。

「還有一件事你沒考慮到。」他扭過頭來說。

「什麼事？」

「那段鉛管。」白羅說罷，就離開了房間。

傑克．雷諾臉色蒼白，茫然地站在門廳裡。但當我們要走出客廳時，他突然抬頭一看。就在這時，樓梯上響起了腳步聲。雷諾夫人正下樓來，看到兒子站在兩個憲兵之間，她嚇得一動也不動地停在那裡。

「傑克，」她顫抖地問，「傑克，發生什麼事了？」

他抬起頭望著她，板著臉。

「他們逮捕我了，媽。」

「什麼？」

她發出一聲刺耳的尖叫，身體搖晃著，在沒人來得及攙扶的情況下，重重跌下樓。我們兩人跑到她那裡把她扶起來，不一會兒白羅站起身。

「她的頭傷得很重呢，撞在樓梯角上，我怕會造成輕度腦震盪。如果吉羅想從她那兒得到供詞，還得等等呢，也許她會不省人事一個星期！」

丹妮斯和芙朗索已經跑到女主人那兒，白羅把雷諾夫人留給兩個女僕照顧後，就離開了別墅。他低垂著頭，蹙著眉沉思地走著。有一段時間我沒開口，但最後我鼓起勇氣問了他一個問題。

「儘管表面上看來，所有的線索都對他不利，但你是不是認為傑克．雷諾無罪呢？」

白羅並沒有立即回答，過了很久才慎重地說：「我不知道，海斯汀。只有一絲機會吧。當然，吉羅全都錯啦——從頭到尾都錯了。即使說傑克．雷諾有罪，那也不是根據吉羅的論點，不是那些原因。其實對他最為不利的事情只有我才知道。」

「那是什麼？」我感傷地問道。

「如果你運用你的灰色腦細胞，並且像我一樣好好地歸納整個案件，你也會看出來的，我的朋友。」

這就是我所謂白羅最讓人生氣的一種回答。他沒有等我開口，又接著說：「我們從這條路走到海濱去，坐在那兒的小丘上，眺望著大海，再把這個案件回顧一下吧。到那時我所知道的，你也全都會明白，不過，我更希望你透過自己的努力來弄清楚事實真相，而不是讓我帶著你走。」

我們照白羅建議的那樣坐在長著青草的小丘上，眺望著大海。

「想想吧，我的朋友，」白羅鼓勵著我，「把你的想法整理一下。一定要有條理，這才是成功的祕訣呢。」

我盡力照他說的去做，回想著整個案件的全部細節。一個想法突然清晰地出現在我的腦中。我悚然一驚，戰戰兢兢地建立起我的推理。

「我想，你已有一些眉目了，我的朋友。好極了！我們接下來談談吧。」

我坐直了，點起了菸斗。

「白羅，」我說，「看來我們粗心大意得可怕。說是『我們』，但我不否認我比較合乎這種形容。可是你一味地保守祕密也應該受罰。所以我再說一遍，我們粗心大意得要命，有一個人我們居然把他給忘了。」

「那是誰？」白羅眨著眼問。

「喬治・康諾！」

20 驚人的推理

一分鐘後，白羅熱烈地擁抱著我，貼著我的面頰。

「你總算得出結論了！而且是完全靠著自己的智慧呢。太好了！你繼續推理下去。你說得對，若把喬治．康諾忘了，那可真是大錯特錯。」

這小個子的稱許讓我感到飄飄然，幾乎無法再繼續思考。但最後我還是集中了心思，往下推想。

「喬治．康諾是二十年前失蹤的，但是我們並沒有理由認為他已死了。」

「Aucunement[36]，」白羅表示同意，「說下去。」

「因此我假定他還活著。」

「正是這樣。」

「或是說，直到最近他還活著。」

「De mieux en mieux![37]」

「我們姑且做這樣的假設，」我往下說著，情緒愈來愈高昂。「他運氣不佳，變成了一個罪犯，一個壞蛋，一個流浪漢──隨你怎麼稱呼都行。他偶然來到了梅蘭維，在那兒發現了他一直深愛著的那個女人。」

「啊，啊！又感情用事了。」白羅警告說。

「這就是所謂的『愛之深，恨之也深』，」我不知這句話是否引用得正確。「不管怎麼說，他發現了她。她用了假名，可是又有了一個新的情人，就是英國人雷諾。這讓喬治．康諾想起自己過去遭受到的種種冤屈，於是就找這個雷諾理論了起來。他埋伏著，在雷諾去會他的情人時，從背後刺死了他。他這麼做之後又害怕了起來，於是動手挖了一個墓穴。根據我的猜想，很可能這時多布勒夫人出來尋找她的情人。她和康諾發生了劇烈的爭吵。他把她拉進庫房，就在那時他突然癲癇發作，跌倒在地。假設此時傑克．雷諾剛好出現，多布勒夫人把一切都跟他說了，並且指出：如果重提過去這件醜聞，可能會給她女兒帶來極為不利的影響。既然殺害他父親的凶手已死，倒不如把這件事隱藏起來。傑克．雷諾答應了，就回到

36 法語，意思是「絕對沒有」。
37 法語，意思是「愈來愈好啦」。

屋裡說服母親，並把跟多布勒夫人商量好的做法也一併告訴了她，她同意了，自願被反綁手腳，堵上了嘴。白羅，你認為如何呢？」

我往椅背上一靠，臉紅紅的，為自己把這些情節重新組織得這麼出色而感到自鳴得意。

白羅若有所思地望著我。

「我想你這是在編電影劇本呢，我的朋友。」他最後說。

「你是說……」

「你剛才陳述的一切內容，絕對可以拍成一部好看的電影，但實際生活不可能如此。」

「我承認我還沒有談到細節部分，可是……」

「你已經扯得很遠了，而且你早把細節都忘得一乾二淨了！比如說，那兩個人的穿著呢？你的意思是不是，康諾刺死了他的情敵後，把屍體上的衣服脫去，然後自己穿上，並且把凶器再放回原處？」

「我看不出那有何重要性。」我頗為生氣地表達抗議，「他可能在那天稍早時威脅多布勒夫人，從那裡弄到了衣服和錢。」

「威脅——哎，你當真要做這種假設？」

「當然。他可能威脅著要對雷諾夫婦揭發她的真面目。這樣一來，她女兒跟小雷諾結婚的希望可就全部落空了。」

「你錯了，海斯汀。他不可能向她訛詐的，因為把柄在她手裡。別忘了，為了那起謀殺案，喬治．康諾的身上還背負著被通緝的罪名。只要她一句話，他就有上絞刑台的危險。」

我不得不勉強承認白羅這句話有道理。

「那你的分析呢，」我尖刻地說，「每個細節一定都是正確無誤的囉？」

「我分析的是實際的情況，」白羅平心靜氣地說，「而實際情況當然是正確的。你的分析中有一個根本的錯誤，你被什麼半夜幽會、談情說愛的幻想所誤導了。在偵查罪案時，我們必須立足於最基本的事項。要不要我把我的方法給你說明一下？」

「是啊，承蒙指導。」

白羅坐得筆直，開始講了；凡是特別重要的部分，他總是搖晃著手指以示強調。

「我就學你一樣，從有關喬治．康諾的基本事實講起。貝羅迪夫人在法庭上那番『兩個俄國人』的說詞，大家都知道是胡編的。如果說她沒有參與犯罪，那麼，這謊言就是她編造的，而且是在她做筆錄時臨時編出來的。但反過來說，若她不是無辜的，那也可能是她或是喬治．康諾編造出來的。

「現在，在我們正在偵查的這起案件中，我們聽到相同的故事。我已對你說明過，各種事實證明這多布勒夫人不可能是主謀。所以我們回到剛才的假設：故事的編造來源是喬治．康諾出的主意。沒錯吧？因此，是喬治．康諾策畫了這一罪行，而雷諾夫人是他的同謀。她站在明處，而站在她後面的則是個模糊不清的人，這人目前的化名我們還不知道。

「現在再讓我們仔細地從頭回顧一下雷諾的案件，按著時間發生的先後順序把重點逐一記下來。你有筆記本和鉛筆嗎？好。現在哪一點是必須先記下的？」

「寫給你的那封信。」

「那是我們最早知道的一件事，但不是這個案件的正式開場。我們可以說，最重要的一點是雷諾先生來到梅蘭維不久後的轉變，這種轉變有好幾個人可以作證。同時我們還得考慮一下他跟多布勒夫人的交情，還有支付她大筆金錢的事。在這一點我們可以直接推到五月二十三日。」

白羅停頓了一下，清了清嗓子，然後做手勢讓我記下：

五月二十三日：由於兒子要跟瑪塔．多布勒結婚，雷諾父子發生了口角，兒子動身前往巴黎。

五月二十四日：雷諾先生改變他的遺囑，把全部財產交由他妻子管理。

六月七日：

- 和一名流浪漢在花園中發生爭吵，由瑪塔．多布勒作證。
- 給赫丘勒．白羅先生寫信，懇求幫助。
- 給傑克．雷諾先生打電報，吩咐他搭安查拉號去布宜諾斯艾利斯。
- 打發汽車司機馬斯特去度假。
- 當天晚上有女客來訪。他送她走時說：「好啦，好啦……可是看在上帝份上，你現在走吧！」

白羅停了一下。

「海斯汀，現在把這些事實逐項加以分析。先把它們分別詳加考慮，然後再將它們連同整件事的關係合在一起思考，看你能不能對這個案件得到一些新的啟發。」

我努力照著白羅說的那樣做。一兩分鐘後，我不太確定地說：

「關於開頭這幾點，問題看來在於：我們是採取『勒索』這說法呢，還是『迷戀女色』的說法？」

「勒索，這是絕對肯定的。關於雷諾的個性、習慣等等，斯托納說的那番話，你都聽到了吧。」

「雷諾夫人卻沒有證實他的話。」我爭辯說。

「我們已經了解，雷諾夫人的證詞並不太值得採用。關於這一點，我們必須相信斯托納的話。」

「不過，如果雷諾跟一個叫貝拉的女人有瓜葛，那麼他另外跟多布勒夫人有染，也不是完全不可能。」

「我同意你的看法，這並非完全不可能。可是問題是，他真的跟貝拉有牽扯嗎？」

「那封信，白羅，你忘了那封信啦。」

「不，我沒忘。可是，是什麼理由使你認為那封信一定是寫給雷諾先生？」

「呃，那信是在他的口袋中發現的，而……而且……」

「就是這點！」白羅打斷了我的話，「信上根本就沒有顯示它是寫給誰的。只因為信是在死者的大衣口袋裡發現的，大家就認為是寫給他的。唉，我的朋友，那件大衣始終令我感到不對勁。我量了一下尺寸，並且曾指出他穿的這件大衣未免太長了——這句話應該促使你去思考一下吧。」

「我還以為你只是說說而已。」我承認道。

「啊，什麼話！後來你看到我量了傑克．雷諾的大衣。你知道嗎，傑克．雷諾穿的大衣好短呀。把這兩件事合在一起想想，再加上第三件——傑克．雷諾匆忙衝到屋外趕往巴黎；你說說看，這下你該怎麼想？」

「我明白了，」我緩緩地說，白羅的話使我猛然醒悟過來。「那信是寫給傑克．雷諾，並不是寫給他父親，而且他在匆忙和氣憤中拿錯了大衣。」

白羅點點頭。

「正是這樣！以後我們再回過頭來討論這點。暫時我們認為那封信和老雷諾無關。接下來再看下面發生的一件事。」

「『五月二十三日』，」我讀著，「『由於兒子要跟瑪塔．多布勒結婚，雷諾父子發生了口角，兒子動身前往巴黎』。在這一點上，我不認為有什麼可疑，而第二天就改變遺囑也是勢所難免，那是爭執所帶來的直接效應。」

「我同意，我的朋友——至少就導火線來說是如此。可是雷諾先生做出這件事，其背後真正的原因又是什麼呢？」

我驚奇地睜大了眼。

「當然是被兒子激怒了。」

「可是他還是對他寫了些親情洋溢的信寄到巴黎。」

「傑克．雷諾是這麼說的，可是他拿不出信件證明。」

「嗯，我們再往下談吧。」

「現在談到悲劇發生的那天。你已經按著一定的順序，把那天早晨接連發生的事排列好了。你有什麼見解嗎？」我問。

「我已經證實那封寫給我的信是在發出電報時一起寄出來的，之後馬斯特被告知他可以去度假。依我來看，跟流浪漢發生爭吵的事，是發生在這些事之前。」

「我不懂你怎麼能把時間算得這麼準確，除非你又問過多布勒小姐。」

「沒這必要，這點我自己就可以肯定。如果說連這一點都不了解，那你就什麼都別想弄明白啦，海斯汀！」

我對他看了好一會兒。

「對啊！我真是個白癡。如果那個流浪漢是喬治．康諾，那當然是在跟他發生劇烈爭吵以後，雷諾先生才開始感到危險。因此他把汽車司機馬斯特打發走了，因為他懷疑康諾收買了他。接著他發電報給兒子，又馬上寫信給你。」

白羅的嘴邊出現一絲微笑。

「他在信中的用詞正好和雷諾夫人的說明一模一樣，這點你不感到奇怪嗎？如果說聖地牙哥是個幌子，雷諾又為什麼要提到它呢？何況，他還派自己的兒子前往呢！」

「真是令人費解，我承認。不過我們以後也許能找到合理的解釋。我們現在接著要談到那天晚上和那神祕的女訪客了。我承認，這一點真的把我難倒了，除非那人確實就是芙朗索一直認定的多布勒夫人。」

白羅搖搖頭。

「我的朋友，我的朋友，你想到哪兒去啦？別忘了那張支票碎片，還有斯托納對貝拉．杜維恩的名字有些耳熟這件事。我想我們可以確認，貝拉．杜維恩就是寫信給傑克的那個無名氏，而且那天晚上來熱內維芙別墅的人就是她。她是來看傑克還是來向他父親求助，我們目前無法肯定，不過我們可以假設經過情形是這樣：她向他的父親提出對傑克同樣的要求，也許還給他看了傑克以前寫給她的信。那老頭兒索性開了一張支票，想打發她。她一生氣就把支票撕了。她信中的字裡行間在在呈現一個墜入情網的女人心情，想用錢打發她走可能會使她很生氣。到最後他還是把她打發掉了，這之間他所說的話都是有特殊意義的。」

「『好啦，好啦……可是看在上帝份上，你現在走吧。』」我重複著。「這話在我看來也許稍微激動了些，但就只是如此而已。」
「那就足夠了，他滿心焦急地要把那女孩打發掉。為什麼？是因為這次的談話內容令人感到不愉快嗎？不是的，那是因為時間正快速在流逝呢。而基於某種原因，這段時間是相當寶貴的。」
「為什麼寶貴？」我問道。我被弄糊塗了。
「這正是我們要好好分析的問題。為什麼寶貴？因為後來就發生了手錶事件，這再次表示，『時間』在做案過程中扮演著非常重要的角色。我們現在離事實已不遠。貝拉．杜維恩離開的時候是十點半，而根據手錶的證明，我們知道做案時間是在十二點鐘以前，或者可以說，是被安排在十二點鐘以前發生。我們剛才已經回顧了凶案發生以前的所有情形，只有一件事還有可疑之處：按照醫生的說法，那流浪漢被發現時至少已死了四十八小時，還可能再提早二十四小時。因為除了我們已討論過的一些事實之外，並沒有其他事件可以作為參考的依據，於是我把死亡設定在六月七日早晨發生。」
我茫然地呆望著他。
「怎麼會？怎麼說？你怎麼可能知道？」
「因為只有那樣，事情的發展邏輯才能得到合理的解釋。我的朋友，我已一步步地為你帶路，事情已經如此明顯，難道你還看不清楚？」
「親愛的白羅，我是看不清楚，本來我以為我正開始摸清前面的路，可是現在我又完全陷入一片迷霧之中。看在上帝的份上，繼續說下去吧，告訴我到底是誰殺害了雷諾先生。」

「就是這點我還不能確定。」

「可是你說過，這已是昭然若揭啊！」

「我們談的不是同一件事，我的朋友。別忘了，我們在偵查兩起命案，而我已說過，這樣我們就必須要有兩具屍體。哎，哎，你有點耐心嘛！我會一一說明的。首先，我們得應用心理學。我們發現，雷諾先生的想法和行為在三個地方表現明顯的變化，因此就有了三個心理學上的問題。第一次是在到達梅蘭維不久後發生的，第二次是在跟兒子就某一問題發生爭執後發生的，第三次是發生在六月七日早晨。現在得分別說明這三個變化發生的原因。第一個原因，我們可以歸之於他碰到了多布勒夫人。第二個原因，是與多布勒夫人間接有關聯，因為雷諾先生的兒子向她女兒求婚。第三個原因我們還不得而知，得做些歸納才能找到。現在，我的朋友，讓我問你一個問題：是誰策畫了這一次犯罪行動？」

「喬治．康諾。」我不太有把握地說，防衛性地瞪著白羅。

「正是。但吉羅提過這麼一條原則：一個女人撒謊是為了救她自己、救她所愛的人或是她的孩子。既然我們很清楚是喬治．康諾授意她這麼撒謊的，而喬治．康諾不是她的兒子，因此第三種情況是不能成立的。再說，如果仍將罪名歸給喬治．康諾，第一種情況也是不能成立的。這樣，我們不得不接受第二種情況，就是說，雷諾夫人撒謊是為了她所愛的人；或者換句話說，是為了喬治．康諾，這你同意嗎？」

「同意，」我承認道，「看來是合情合理。」

「好，雷諾夫人愛著喬治．康諾。那麼，這個喬治．康諾又是誰呢？」

「是那個流浪漢。」

「我們有什麼證據證明雷諾夫人愛著那名流浪漢呢？」

「沒有，可是……」

「很好，不要死抱著不能用事實證明的理論不放。相反的，你要問問自己：雷諾夫人愛過誰？」

我困惑地搖著頭。

「你應該相當清楚啊，雷諾夫人深深地愛著誰，以至於當她看到他的屍體時竟然昏死了過去！」

我不由得呆若木雞。

「她的丈夫？」我喘著大氣問道。

白羅點點頭。

「她的丈夫，或是喬治．康諾，隨你怎樣稱呼都行。」

我努力振作起來。

「不過那是不可能的。」

「為什麼不可能？我們剛才不是已經達成一致的共識了嗎，也就是多布勒夫人有可能向喬治·康諾進行勒索。」

「是的，不過……」

「她對雷諾先生的勒索不是有求必應嗎？」

「這也許是真的，不過……」

「我們對雷諾先生的年輕時代以及他的身世一無所知，這難道不是個事實嗎？而就剛好在二十二年以前，他突然以一個法裔加拿大人的身分出現，這難道不也是個事實？」

「儘管如此，」我稍微強硬地說，「我仍然覺得你忽略了最重要的一點。」

「哪一點，我的朋友？」

「呃，我們都贊成喬治是這一罪行的策畫者，但若依照你剛才的說法，最後不就會得出一個可笑的結論：他是謀殺自己的主謀！」

「Eh bien, mon ami[38]，」白羅平靜地說，「他正是這麼打算的！」

38 法語，意思是「太好了，我的朋友」。

21 赫丘勒·白羅剖析案情

白羅以慎重的語調開始他的說明：「一個人竟然策畫自己的死亡，這一點在你看來是不可思議的，是不是，我的朋友？因為太過不可思議了，以至於你寧願把真實的故事視為無稽之談，反倒相信一種毫無根據的說法。是的，雷諾先生策畫了自己的死亡，但是有個重點你沒有注意到——他並不打算死。」

我百思不解地搖搖頭。

「可是事實上這是再簡單不過了。」白羅和氣地說，「我對你說過，雷諾先生所安排的罪案不需要兇手，但需要一具屍體。讓我們重新組織一下事情的經過，這次我們從另外一個角度來看問題。

「喬治·康諾逃避追緝而躲到加拿大去了。在那裡，他用了一個假名和人結了婚。後來他在南美發了一筆大財，但是他很思念自己的故鄉。二十年過去了，他的外貌已起了相當的變化，而且也成了一位顯赫人物，誰也不會把他跟許多年前一個躲避追捕的逃犯聯想在一起，因此他認為現在回來應該是安全的。他定居於英國，但打算到法國避暑。可是厄運，也可以說是命運，是不許人們去逃避自己的罪責，它把他帶到了梅蘭維，而整個法國就只有這個地方才有這麼一個人能認出他。這對多布勒夫人來說無非是發現了一座金礦，一座她馬上就可以開挖的金礦。他束手無策，完全受制於她，她也狠狠地敲詐他好一筆。

「接著無可預料的事情發生了。傑克・雷諾愛上了那個近水樓台的美麗女孩，而且還想要跟她結婚。這真是使他的父親惱火了。無論如何，他絕對不能讓兒子跟這個壞女人的女兒結婚。傑克・雷諾對他父親的過去一無所知，可是雷諾夫人卻知道得一清二楚。她是一個具有堅毅個性的女人，對丈夫懷有無盡的愛和忠誠。於是夫婦兩人一同計畫起來。雷諾認為事到如今只有一條出路——死亡。他必須裝死，但事實上是逃到另一個國家，再從那裡使用假名重新開始；而雷諾夫人在扮演一段時間的寡婦角色後，也去那裡和他團聚。計畫中最重要的事是她必須全權掌管金錢，因此他改變了遺囑內容。他們原來打算怎樣製造一具屍體，我不清楚，可能是利用藝術系學生學習用的骷髏再加上一把火，或是類似的手法。可是在計畫還未臻成熟前發生了一件事，正好可以被他們拿來利用。一個粗魯無文的流浪漢闖進了他們的花園，於是兩方發生了衝突。雷諾要把他趕出去，誰知那名流浪漢是個癲癇患者，突然發病暴斃而死。雷諾把妻子叫了來，兩人一起把他拖進了庫房內——我們已知道他的死亡是在庫房外面發生的——於是他們認為這是個絕佳良機。那人雖與雷諾毫無相似之處，但他正值中年，又是個普通的法國人，這就夠了。

「我倒是這樣假設那情景：夫婦兩人坐在那邊的長凳上商討著，如此屋裡的人根本就聽不到他們說話。他們隨即定下了策略，認為認屍者必須只有雷諾夫人才行。傑克·雷諾和那個汽車司機（他跟著主人也有兩年了），必須打發他們離開。那幾個法國女僕是不太會走近屍體的。總之，凡是有可能對這件事發生懷疑的人，雷諾都得用各種辦法來欺騙他們離去。於是馬斯特被打發了，他也打了電報給傑克，還選了布宜諾斯艾利斯這個地方，用以證明雷諾編造的故事無誤。他打聽到我是個隱居且上了年紀的偵探，就寫信來向我求助，也知道當我抵達並拿出這封信來時，一定會大大影響檢察官的判斷。當然，事實也真是如他所想。

「他們給那名流浪漢的屍體穿上了雷諾的衣服，而把他的破上衣和褲子留在庫房門邊，因為他們不敢把它們拿進屋內。然後，為了讓雷諾夫人之後準備告訴別人的故事可信，他們把用飛機金屬片製成的刀子刺入了他的心臟。而那天晚上，雷諾得先把他妻子捆綁起來，堵住嘴；然後，他拿了鐵鏟在選定的地方挖了一個墓穴，因為他知道那地方是準備鑿成——你們稱那個是什麼來著？——沙坑的。最重要的就是屍體一定得快點讓人發現，而且絕對不能讓多布勒夫人產生絲毫懷疑。只要再過一段時間，被人認出死者身分的危險性就會大大減低。接著，雷諾再穿上那名流浪漢的破爛衣服，偷偷溜到車站，神不知鬼不覺地搭上十二點十分的火車脫身。這就是為什麼一定要讓人認為這樁罪行是在兩小時以後才發生，如此一來就不可能懷疑到他身上了。

「不巧的是，貝拉那女孩來了，此時你可以想像他有多懊惱呀。只要耽誤一分鐘就可能毀了他的計畫。還好，他總算盡快把她打發掉了。然後，他開始執行他的計畫！他先把前門半開著，造成歹徒是從那兒離開的假象。再把雷諾夫人反綁好、堵住了嘴。由於二十二年前他捆綁繩子時，因為綁得太鬆而導致自己被懷疑，於是這次他糾正了錯誤。而這次他為妻子提供的劇本，基本上是他以前曾編過的老故事，這就證明人的思想裡有一種因循舊例的習慣。夜晚天氣滿冷的，他在內衣外面披上了一件大衣，本打算把它連同屍體一起丟進墓穴。他從窗戶爬出去，也小心地把花壇上的腳印弄平了，但這樣卻製造了對他最為不利的鐵證。他走到寂靜的高爾夫球場挖著，然後……」

「怎麼了？」

「然後，」白羅嚴肅地說，「他逃脫了這麼久的法網終於罩住了他。一隻無名氏的手朝他背後戳了一刀……現在，海斯汀，你明白我說的兩起罪案是什麼意思了吧？第一起罪案，也就是雷諾先生傲慢的要我們偵查的那一樁，到此算是解決了。可是在它之後還接續著一個更深奧的謎團。要解開這個謎可不簡單，因為凶手十分狡詐，他充分利用了雷諾安排好的一切布局。這是一個相當離奇、難以解開的謎。」

「你真了不起，白羅，」我欽佩地說，「太了不起了，世上只有你才能解開這個謎團。」

我想我的讚揚使他很高興吧，因為他露出窘迫的樣子，這在他一生中還是頭一遭呢。

「那可憐的吉羅，」白羅說，一面盡可能地裝出謙虛的樣子，但不太像。「當然，這不是愚不愚蠢的問題。他有一兩次是 la mauvaise chance[39]。比如說，找到那根纏繞凶器的黑頭髮。不用說，那很容易令人誤入歧途。」

「我老實告訴你，白羅，」我慢吞吞地說，「我到現在還不是很明白，那個到底是誰的頭髮？」

「那當然是雷諾夫人的頭髮。她的髮色原本是黑的，現在雖差不多已經全白了，但要找到一根灰黑的頭髮並不難。只是吉羅不假思索地便認定這是傑克．雷諾的頭髮。就是這麼回事，人有時為了要契合自己的主張，難免會去歪曲事實！

「不用多說，當雷諾夫人元氣恢復之後，她會把所有問題說清楚。只是她萬萬沒想到她的兒子會被指控為凶手。怎麼可能想到？當時她還以為他正安全地搭著安查拉號飄洋過海呢。啊！voilà une femme[40]，海斯汀！多有毅力，多沉著啊！她只有一處失誤。當傑克．雷諾出乎意料地回來時，她說：『現在……也已經不重要了。』可是沒人留意，沒人注意到這句話的重要含義。可憐的婦人，她扮演的角色可不輕鬆。設身處地想一下她去認屍時所受到的打擊吧。原本她以為她的丈夫已遠走高飛到好幾哩之外，可是出乎意料的，她丈夫已經冰

39 法語，意思是「運氣不好」。
40 法語，意思是「好個女人呀」。

冷的軀體卻出現在眼前，難怪她會昏死過去。可是從那時候起，儘管她心中充滿著悲傷和絕望，她還是堅強地扮演著自己的角色，這又是多麼痛苦的事啊！她不能對我們吐露實情藉以追查真正的凶手；為了兒子的前途著想，也不能讓任何人知道保羅．雷諾就是凶手喬治．康諾。而最後一個，也是最痛苦的打擊是，她還得公開承認多布勒夫人是她丈夫的情婦，因為只怕稍微釋出一點被勒索的暗示，她所堅守的祕密就會被公開。當檢察官問她，她丈夫過去有沒有不可告人的祕密時，她應付得多麼有技巧！『我可以肯定，這種浪漫的事是一件都沒有的，先生。』太棒了，那從容的聲音，那淒涼的嘲弄，那帶著點疑問的口吻。一下子，連阿于特先生也感到自己未免太愚蠢、太受戲劇情節影響了吧。是呀，真是個了不起的女人！即使她深愛的人是個罪犯，她對他的愛也是莊嚴高尚的！」

白羅陷入了沉思。

「還有一點，白羅，那段鉛管又做何解釋呢？」

「你不明白嗎？那是要讓受害人的臉被毀，讓人家認不出他來。也正是有這段鉛管，所以一開始就把我引上正路。可是那個低能兒吉羅還四處爬著尋找火柴頭呢！我不是對你說過，一個兩呎長的線索也許跟一個兩吋長的線索同樣管用。你知道，海斯汀，我們必須再從頭開始。誰殺害了雷諾先生？一個當晚十二點鐘以前在別墅附近的人，一個從他死亡中會得到好處的人。這個描述對傑克．雷諾是再適合不過了。這件案子簡直不需要事先計畫了。再說那把刀！」

我陡然一驚，因為事先沒有想過這一點。

「是呀，」我說，「在流浪漢身上發現的那支刀子其實是雷諾夫人的，也就是第二支凶器。這樣說來，有兩支凶器？」

「當然，因為兩支凶器是一模一樣，所以可以斷定兩把都是傑克・雷諾的。但那倒不是個問題。事實上，關於那個凶器，我有一點小小的看法。對他最為不利的指控其實是屬於心理層面的——遺傳，我的朋友，遺傳！有其父必有其子——傑克・雷諾再怎麼說也是喬治・康諾的兒子。」

他的聲調語重心長，我不禁深感震撼。

「你剛才說你那個小小的看法是什麼？」我問。

白羅看著他的大掛錶，不回答，卻反問道：「下午從加來駛來的船什麼時候會到？」

「我想大約五點鐘。」

「那很好，我們還趕得上。」

「你打算到英國去？」

「對呀，我的朋友。」

「去做什麼？」

「去尋找一個可能的——證人。」

「誰？」

白羅臉上浮現出詭詐的微笑，回答說：「貝拉．杜維恩小姐。」

「可是你怎麼找得到呢？你已知道些什麼了嗎？」

「我什麼也不知道，可是我能猜出大部分。我們大致可以確定她的名字就叫作貝拉．杜維恩。雖然斯托納先生對這個名字有些耳熟，但很明顯的她跟雷諾一家人沒有任何關係，所以她可能是個戲劇演員。傑克．雷諾是個有錢人家的少爺，才二十歲，劇場必定是他流連忘返的最愛。這從雷諾先生企圖用支票來平息她的怒氣一事，也可以判斷得出來。我想我會找到她的，尤其是我找到了這個。」

他拿出一張他從傑克．雷諾抽屜中取走的照片。照片的一角潦草地寫著：「愛你的貝拉」，但是吸引我目光的可不是這行字。

那不只是非常相像——大可這麼說：一定錯不了！我感到一陣寒意，心直往下沉，像是遭遇了突如其來的打擊。

那是灰姑娘的臉。

22 我找到了愛情

有這麼一兩分鐘，我呆坐著，但一隻手仍握著那張照片。接著我鼓足了勇氣，不動聲色的遞還了照片。同時，我偷偷地看了白羅一眼。他發現了嗎？看來他沒有在注意我，也沒有留意到我的任何反常舉動，我心裡放下了一塊石頭。

他敏捷地站起身來。

「時間不多了，我們得趕快動身。現在時機最佳，海面上一定很平靜。」

在匆匆啟程的時候，我沒有時間多加思索，但是一上了船，因為沒有白羅在旁監視，我集中精神，把各項事實逐一地冷靜分析。白羅到底了解到什麼程度了？為什麼他處心積慮地要找到那個女孩？難道他懷疑在傑克．雷諾殺人時被她看到了？難不成他懷疑她……不過那是不可能的，那女孩跟老雷諾無冤無仇，沒有必要置他於死地。但又是什麼事使她來到謀殺案的現場呢？我仔細回顧著一些細節。那天我和她在加來分手後，她一定是下了火車，難怪後來在船上我沒有找到她。如果她在加來吃飯，然後搭車到梅蘭維，那她就正好是在芙朗索所說的時間到熱內維芙別墅拜訪。十點剛過她離開那宅邸後，又做了些什麼事呢？我猜不是住旅館，就是回加來去。命案是在星期二晚上發生的，但星期四早晨她又在梅蘭維出現，那她到底有沒有離開過法國？這點我很懷疑。到底是什麼原因使她留在這裡呢？她希望看到傑克．雷諾嗎？我曾對她說過，他正飄洋過海去布宜諾斯艾利斯辦事，因為在當時我們是這樣以為的。也許她知道安查拉號因故並未出海。可是若要得知這點，她就一定得先見到傑克本人才行。白羅又是在尋找什麼？難道傑克．雷諾回來原本是要看瑪塔．多布勒，誰知卻當面遇上了貝拉．杜維恩這個被他無情拋棄的女孩？

我開始有點頭緒。如果事實真是這樣，那反倒給傑克提供了他目前亟需的不在場證明。可是在這種情況下，他的沉默似乎就難以解釋了。他為什麼不坦白說出全部的事情呢？是不是他怕瑪塔．多布勒知道他這前一段的愛情糾葛？我搖了搖頭，對這個答案感到不滿意。這種事稀鬆平常，只是年輕男女間的一段短暫迷戀。我譏諷地思忖著，一個身無分文的法國女孩，如果沒有什麼特別嚴重的原因，應該不至於放掉一個百萬富翁之子吧？更何況她又是衷心地愛著他呢。

抵達多佛時，白羅又出現了，神情輕鬆，笑咪咪的，因為我們到倫敦的旅途一路平靜無浪。九點過後，我們抵達倫敦。我原以為我們會直接回到住所，等到第二天早晨再行動。但白羅另有打算。

「機不可失呀，我的朋友！傑克・雷諾被捕的消息雖說要到後天才會在英國見報，我們仍然必須把握時機。」

我不十分了解他的話，只是問他打算如何去尋找那個女孩。

「你記得那個劇院代理人約瑟夫・艾倫嗎？不記得了？我在一件有關日本摔角選手的小事件中曾幫了他一個忙。只是個小事件，有機會時一定說給你聽。他一定會幫助我們找到我們的目標。」

尋找艾倫先生可花了我們不少時間。過了午夜，我們總算找到他了。他非常熱情地跟白羅打招呼，答應一定盡全力幫助我們。

「若說在這一行，我是無所不知的。」他親切而笑容滿面地說。

「好，艾倫先生，我想要找到一個名叫貝拉・杜維恩的年輕女孩。」

「貝拉・杜維恩，這名字我知道，可是一下子想不起來，她是在哪裡工作的？」

「我不確定，不過這兒有她的照片。」

艾倫先生對那照片仔細端詳了一會，眼睛為之一亮。

「對了，」他拍著大腿。「天哪，就是杜兒絲貝拉姐妹！」

「杜兒絲貝拉姐妹？」

「就是呀，她們是一對姐妹花，是特技演員、舞者兼歌星，演出節目很不賴喔。如果她們不是在休息期間的話，我想，她們或許在別的地方表演，最近兩三個星期她們曾在巴黎演出過。」

「你能替我查到她們的確實住址嗎？」

「那太簡單了，你們先回去休息，明天早晨我會把資料送去給你。」

他答應後，我們就離開那裡了。他很守信用，翌日大約十一點左右就為我們送來了一張潦草的便條。

杜兒絲貝拉姐妹現正在考文垂[41]的皇家戲院演出。祝你們好運。

我們立刻動身前往考文垂。在戲院裡白羅也不多說，只是訂了當天晚上特技表演的戲票，兩張前座的位子。

演出內容實在不甚了了，也許是因為我心情不好。就是有一些日本人冒著危險疊羅漢；還有時髦的男人穿著綠色晚禮服，頭髮向後梳得一絲不苟，滿嘴說著不著邊際的廢話，並跳著動作古怪的舞蹈；另外有個很胖的女歌劇演員扯著嗓子拚命直喊，另一個喜劇演員則模仿著喬治・羅貝[42]先生，可惜沒有模仿得很像。

最後終於宣布杜兒絲貝拉姐妹的節目上場了。我的心激動得要跳出來似的。唉，那就是她，兩個都上場了，一對姐妹花，一個黃頭髮，一個黑頭髮，衣服的款式一模一樣，身穿蓬鬆的短裙，戴著巨大的棕色蝴蝶結。她們彷彿一對淘氣的孩子。兩姐妹開始唱歌，歌聲清脆嘹亮，聲調適中，但欠渾厚，有些故作特殊效果的感覺，但還是滿吸引人的。

這是一個精采的小節目。舞蹈動作俐落，其中的特技技巧也不差，歌曲簡單悅耳。當她們謝幕時，觀眾的掌聲十分熱烈，顯然杜兒絲貝拉姐妹的演出很成功。

突然間，我覺得我再也坐不住了，我必須離開。於是我對白羅說我要離開一下。

「請便吧，我的朋友，我覺得挺好看的，我想把節目看完，之後再去找你。」

從戲院到旅館沒有多遠。我上樓進了房間客廳，點了一杯威士忌蘇打，然後坐下來喝著，兩眼沉思地直瞪著空盪盪的壁爐。我聽到有人開門，就回過頭去，還以為是白羅回來了。但我馬上跳了起來，站在門口的居然是灰姑娘，她說話結結巴巴地上氣不接下氣。

「我看到你坐在前面，你……和你的朋友。你站起來要走的時候，我就等……在外面，後來就跟著你到這裡。你來這兒——來考文垂做什麼呢？你今晚為什麼會在這兒？那個跟你在一起的人是偵……偵探嗎？」

她站在那裡，披在表演服外面的斗篷滑下了她的肩膀。她化著妝，但可以看出她的雙頰蒼白，說話聲裡充滿著恐懼，這時候我全都明白了，我明白了白羅為什麼要找她，也明白她到底在恐懼些什麼，最後我也明白了自己的心……

41　考文垂（Coventry），英國中部城市，曾以紡織聞名，後來發展出汽車、電子等工業。

42　喬治．羅貝（George Robey, 1869-1954）英國著名喜劇演員。

「是的。」我輕聲說著。

「他在找……我嗎？」她微聲地說。

我沒有馬上回答。她在一張大椅子旁邊倒了下去，失聲痛哭起來。

我跪在她旁邊，把她摟在懷裡，將她的頭髮從臉上撥開。

「別哭，小女孩，看在上帝的份上，別哭。在這兒沒有人會對你怎樣，我會保護你。親愛的，別哭了啦，別哭吧。我了解，我什麼都了解。」

「呃，可是你不了解！」

「我想我了解。」

過了一會，她的啜泣稍微緩和了一些，我問道：「是你拿走了那支凶器？」

「是的。」

「原來是為了這個，你才要我帶著你到處看看？也是為了這個，你才假裝昏過去？」

她點了點頭。

「你為什麼要把凶器拿走？」我接著又問。

她回答得很簡單，就像小孩似的。

「我怕上面會有指紋。」

「可是你難道忘了，你當時是戴著手套？」

她搖搖頭，好像被弄糊塗了，接著又慢吞吞地問：「你打算把我交給……警察？」

「上帝！不會的！」

她的眼睛真摯地盯著我的眼睛好一會兒，然後她說——聲音小極了，彷彿連自己聽了也會害怕一樣。

「為什麼不會？」

在這種地方這種時刻表達自己的愛意，似乎是很奇怪的事。但上帝知道，不論我怎麼胡思亂想，我從來沒有想過愛情會以這樣的方式襲上我的心頭。我簡單又自然地回答說：「因為我愛你，灰姑娘。」

她把頭垂得低低的，顯出很難為情的樣子，然後結巴地小聲說：「你不會的，你不會的……要是你知道……」然後，彷彿鼓足了勇氣似地，她正視著我問道：「那麼，你了解了什麼呢？」

「我知道你那天晚上去看雷諾先生，他給了你一張支票，可是你氣憤地把它撕了，接著你離開了宅邸……」我停住了。

「說下去……後來呢？」

「我不曉得你是不是知道傑克．雷諾那晚會在，或者你只是在附近碰巧遇見了他，不過你確實是在附近。也許你只是感到傷心，漫無目標地走著……反正總而言之就是，在十二點鐘以前你都還在那附近，後來你在高爾夫球場上看到了一個男人……」

我又停住了。剛才，當她走進我房內的那一瞬間，我心中頓時一亮，一下子感覺自己什麼都明白了，而現在浮現在我眼前的景象則更讓我確信。我好像看到了覆蓋著雷諾先生那件樣式特別的大衣。我還記得，後來我們在客廳裡進行祕密談話時，雷諾的兒子突然闖進來，他的面貌和死者一模一樣，一時間令我大為吃驚，還以為是死人復活了呢。

「說下去。」女孩堅定地重複說道。

「我設想，他背對著你，可是你認出了他，正確地說，是你以為你認出了他。那舉止態度、走路的樣子都是你熟悉的，還有那件大衣的樣式。」我停了一下，「你在寫給傑克·雷諾的一封信中曾威脅過他。當你在那兒看到他時，一下子憤怒、嫉妒把你逼瘋了……你下了毒手！我完全不相信你有殺害他的意思，不過你的確殺了他，灰姑娘。」

她舉起手捂住了臉，哽咽著說：「你說對了，你說對了……就在你說話的同時，我也好像親眼看到了一般。」她立刻生氣地對著我說：「你愛我？既然你什麼都明白，怎麼還能愛我呢？」

「我不知道，」我疲憊地說，「我想愛情就是這麼回事，是很難解釋清楚的。我已經試過，我明白……自從遇見你的第一天起，愛情的力量已經排山倒海而來。」

接著，突然間，我完全沒想到，她又倒了下來，身子趴在地上大哭了起來。

「啊，我不能愛你！」她叫著，「我不知道該怎麼辦才好，我不知道該請誰幫忙，噢，有誰可憐可憐我吧，告訴我，該怎麼辦才好！」

我又跪在她身旁，努力地安慰她。

「別怕我，貝拉。看在上帝的份上，別怕我。我愛你，這是真的，可是我不要你回報我的愛，只要讓我幫助你就好了。如果你真愛他就盡量愛吧，但是你必須讓我幫你，因為他已經不能幫你了。」

我的話好像對她產生了效果。她從雙手中抬起頭來直視著我。

「你是這麼想的嗎？」她低語著，「你以為我愛傑克．雷諾？」

於是，她又哭又笑、熱情奔放地用雙手摟著我的脖子，那嬌媚又滿面淚痕的臉緊貼著我的臉。

「沒有像愛你的這麼深，」她輕輕說著，「不會像愛你的這麼深啊！」

她的嘴唇吻著我的面頰，甜蜜、熱情的一再吻著我的嘴，使我幾乎不能相信這是真的。這種熱情的舉動，這種奇妙的感覺是我忘不了的——永遠也忘不了的！

突然，門口有了聲音，我們抬起頭來，白羅正站在那裡望著我們。

我一點也沒有猶豫，直接跑到他身邊，把他的兩隻手牢牢抓著，靠在他的身體兩側。

「快，」我對女孩說，「快走，趕快走，我已經抓住他了。」

她對我望了一眼，飛快地從我們身旁跑出去，我就像鐵鉗似地緊緊抓住白羅。

「我的朋友，」白羅不慍不火地說，「這種事你做得倒是挺好的嘛，用這麼大的力氣把我牢牢抓住，讓我像個孩子一樣無計可施。不過這應該不是很舒服吧，也實在好笑。我們還是坐下來，冷靜一下吧。」

「你不去追她？」

「天哪，當然，不！你把我當成吉羅啦？放了我吧，老弟。」

我鬆了手，但仍不免帶著懷疑的眼光看著白羅，因為我知道他詭計多端，我絕對不是他的對手。他在一張安樂椅上坐下了，輕輕地揉著肩膀。

「海斯汀，你生氣時真是力大如牛！好哇，但是你覺得這樣夠朋友嗎？當我把那女孩的照片拿給你看時，你就已經認出她了，但你卻沒有告訴我一聲。」

「就算讓你知道我認出她，也沒什麼幫助。」我悻悻然地說。

原來白羅一直是知情的！我連一分鐘也騙不了他。

「喏，喏，你根本不知道我知道。我們好不容易找到那個女孩，可是今天晚上你竟然幫她逃跑了。好哇！現在就是這個問題了，海斯汀，你是打算跟我合作還是跟我作對？」

一時之間，我不知如何回答才好。跟老朋友決裂將帶給我巨大的痛苦，但我又必須和他站在對立的位置上。我懷疑，他會原諒我嗎？雖然到目前為止他顯得異常鎮靜，可是我也知道他一向有著驚人的自制力。

「白羅，」我說，「很抱歉。我承認，我在這件事情上很對不起你，可是有時候也沒辦法呀，以後，我得靠自己了。」

白羅頻頻點頭。

「我明白，」他說。那種嘲弄的眼神已經完全從他眼中消失了，取而代之的是誠懇和藹的口氣，令我非常吃驚。「愛情就是如此，是不是，我的朋友？愛情，並不是你所想像的總是開心、甜蜜的，而是傷心的、痛苦的。哎，哎，我早就警告過你。當我了解到一定是那女孩拿走了凶器時，我就警告過你，也許你還記得。可是現在已經太遲了，不過，你告訴我，你知道了多少？」

我直視著他的眼睛。

「不論你再說些什麼，都不會讓我感到意外了，白羅。這點請你明白。可是如果你再想找杜維恩小姐的話，有件事我得先向你說明。如果你認為這樁罪案跟她有關，或是認為她就是那天晚上來找雷諾先生的神祕女客，那你就錯了。那天早上我和她一起搭火車離開法國，而那天晚上我和她在維多利亞車站分手，因此可以確定她那天晚上是不可能在梅蘭維。」

「啊！」白羅若有所思地看著我。「你是否願意在法庭上作證？」

「當然。」

白羅站起身來向我行了一個禮。

「Mon ami! Vive l'amour[43]！愛情能創造奇蹟哪，你想得確實周到，連赫丘勒·白羅也自嘆不如呢！」

43　法語，意思是「我的朋友！愛情萬歲」。

23
困難重重

度過我上面描述的緊張局面後，反應開始來了。那天晚上我得意地上床休息，但醒來後便頓時了解到我仍未安然過關。說實在的，那個我靈機一動提出的不在場證明，並沒有什麼漏洞，我只要堅持這樣的說法就行了。我若不改口，有著這樣的證明，他們還能定貝拉什麼樣的罪？

但是我認為還是必須小心行事，白羅是不甘於失敗的。他一定會設法對我進行反擊，而且是在我最意料不到的時刻，用我最意料不到的方式。

第二天，我們若無其事地在早餐時間碰面。白羅仍舊和善如昔，但我想我可以感覺到，在他的言行舉止中有一些矜持，這是以前所沒有的。吃完早飯後，我說我打算出去走走。白羅的眼中射出一絲惡意的光芒。

「如果你想打探消息，那大可不用費心。你想要知道些什麼，我都可以完全奉告。杜兒絲貝拉姐妹已經取消了她們的表演，而且已經離開考文垂，目前去向不明。」

「真的嗎，白羅？」

「這話你可以相信我，海斯汀。今天一早我已經去問過了。老實說，你心裡還期待些什麼呢？」

說實在的，在這種情況下我還能期待什麼？灰姑娘利用我為她爭取到一點時間，當然會把握機會盡快脫身，不讓追捕她的人抓住。這不正好是我的想法嗎？話雖如此，我意識到自己已陷入了一個新的窘境。

我沒有辦法跟灰姑娘聯繫，但總要讓她知道我準備執行的防範措施。當然，她也許會設法傳個消息給我，但想想又不太可能。她知道現在傳消息會有風險，因為很可能會被白羅攔截下來，因而使他再次追查到她的下落。很明顯的，她目前唯一的出路是銷聲匿跡。

但是在這段期間，白羅會做什麼呢？我仔細觀察，他是一副完全無所謂的樣子，不時出神地注視遠方，那個樣子太平靜、太懶散，我信不過他。根據我和白羅相處的經驗，他表面上看起來愈是不動聲色，那就一定愈危險。他的一派沉靜使我擔心，他看到我不安的眼神，和藹地笑了笑。

「你被搞糊塗了吧，海斯汀？你在心裡自問：為什麼他不去追查她的下落呢？」

「嗯，是有這個想法。」

「我知道，如果你和我交換位置，你早就這麼行動了。可是我不是那種喜歡東奔西跑的人，不挺愛你們英國人所說的那樣『海底撈針』。不，讓貝拉．杜維恩小姐跑吧。不用擔心，到時候我一定找得到她。在那之前，我願意等。」

我半信半疑地看著他，他想引我走向錯誤的方向嗎？我感到一陣惱怒，即便是現在，他還是占上風呢！我的優越感逐漸消失。我設法使那女孩脫了身，還想出了一個好方法，使她不至於因著她的魯莽而承受後果。但是我心裡的不安得不到紓解，白羅安靜自若的態度引起了我千百種疑慮。

「我說，白羅，」我不好意思地說，「我不應該問你接下來想要做什麼吧？我已經喪失了這個權利。」

「一點也不，沒有什麼不可告人的，我們立刻回法國。」

「我們？」

「正是，『我們』！你十分明白，你不能讓白羅老爹在你的視線中消失，呃，是不是，我的朋友？不過如果你要留在英國，那就……」

我搖搖頭。他說到關鍵了，我絕對不能讓他從我的視線中消失。儘管經過那場風波後，我早已不指望白羅會再信任我，可是我仍然可以掌握他的行動。目前對貝拉而言，唯一的危險就在於白羅——吉羅和法國警察對她這個人是否存在還一無所知。不管怎樣，我得守在白羅身旁。

這些思慮在我腦中掠過時，白羅仔細地審視著我，並且滿意地向我點點頭。

「我說對了，是吧？既然你很可能為了設法跟蹤我，而好笑地裝了個假鬍子什麼的——當然，那是任何人都可以一眼看穿的伎倆——我寧願讓你和我一起搭船去法國，我可不希望讓別人笑話你。」

「那很好。不過，為了公平起見，我該提醒你……」

「我知道，我都知道。你是我的敵人！那麼你就當我是敵人吧，我一點也不在乎。」

「只要是正大光明的，我就不在乎。」

「你倒是相當具有英國式的『公平精神』！現在你的疑慮已經全部解決，我們立刻動身吧。得把握時間，我們在英國逗留的時間不長，但也夠了。我已獲得我想知道的線索。」

他的語調很輕鬆，但在他的聲音中我感到有種隱約的威脅。

「慢著……」我欲言又止。

「慢著——就像你所說的吧！不消說，你一定對你目前擔任的角色很滿意。我嘛，我得為傑克．雷諾奔走一番了。」

傑克．雷諾！這個名字令我一怔。我已把這事忘得一乾二淨了。傑克．雷諾身繫囹圄，生命正被絞刑台的陰影籠罩著。我看到自己所扮演的邪惡角色：我可能救了貝拉，是呀，可是我這樣做的話，卻把另一個無辜的人推上了絞刑台。

我害怕地想把這個念頭從腦中驅走。不會的，他一定會被宣告無罪的，一定可以的。可是冷酷的恐懼又襲上了我的心頭。萬一不是這樣呢？那麼該怎麼辦？難道我的良心要歉疚一輩子——那太可怕了！難道到最後會是這樣的結局？我必須盡快做出決定。到底是救貝拉還是救傑克．雷諾？我的心迫使我不惜一切代價解救了我心愛的女孩，但是，如果這所有代價竟然是要以別人作為犧牲，那又不一樣了。

她自己又是怎麼想的？關於傑克．雷諾被捕的事，我嘴裡不曾透露過任何一句話。她以前的情人現在被關在牢裡，被指控犯下了他根本沒做過的滔天大罪，至今她對這件事還全然不知。但如果她知道，她將會採取什麼行動呢？她會不會罔顧他的生命來挽救自己呢？她可絕對不能貿然行事呀！因為假設她沒出面，傑克也很可能被宣告無罪，他一定會被釋放的。若是如此，那就完美無缺了。但若不是這樣呢？這個問題太可怕，也無人能回答。她該不至於甘冒被判死刑的風險吧，我思忖著。她的犯罪情由應該另當別論。她可以拿嫉妒以及受到嚴重的羞辱為理由，再加上她的年輕面孔也會產生很大效果。但由於種種誤失，雖然說死的是雷諾先生，不是他的兒子，可是這一事實也改變不了她曾具有犯罪的動機。尤其是，不論法庭判決如何寬大，長期的牢獄之災應是免不了的。

不，必須保護貝拉。同時，也得營救傑克．雷諾。兩者要如何才能兼顧呢？我自己也不知道，只能把希望寄託於白羅了。他一定有辦法，不論發生什麼事，他一定會設法搭救無辜的人。除了真正的原因之外，他必須找到另一種藉口才行。情況是困難重重，但他總會有辦法。唯有貝拉不受到懷疑，而傑克．雷諾也能無罪開釋，這樣才能皆大歡喜。

我反覆地這樣自言自語著，但是心裡仍是冷冰冰地滿懷恐懼。

24 救救他吧！

我們從英國搭乘傍晚的渡輪過海，次日早晨就抵達了聖奧梅爾，傑克．雷諾已被移送到那裡。白羅馬上去探望阿于特先生。他沒有反對我跟他一起去，因此我也就隨他前往。

經過一層層的手續後，我們被帶進檢察官的辦公室。他熱情地跟我們打著招呼。

「有人對我說，您已經搭船回英國了，白羅先生。但我真的很高興結果不是這樣。」

「是真的，我回去過，先生，但只是匆匆來回而已。是為了一個旁證，可是我卻認為對偵查行動會大有幫助。」

「那麼一定是有幫助了，嗯？」

白羅聳聳肩。阿于特先生點點頭，嘆了口氣。

「我怕，我們得退出了。吉羅那混蛋，他的言行太不像話，可是他確實聰明！要指望這個人犯下錯誤，機會可不多呢！」

「你是這麼想的嗎？」

這下子輪到阿于特先生聳肩了。

「唔，嗯，坦白說……當然，這是私底下說說的，您是否能歸納出什麼別的結論？」

「坦白說，依我看，有好幾個疑點仍模糊不清呢。」

「比如說……」

但是白羅並沒有讓他把話套出來。

「我還沒把這些疑點列表整理，」他說，「只是一種大致的印象。我喜歡那位年輕人，我不願意相信他犯下如此重大的罪行。順便提一下，針對這件事，他自己有什麼說法呢？」

檢察官蹙著眉頭。

「我搞不懂他。他似乎無法替自己做任何辯護。要他回答問題可真是困難哪！他只是籠統地一概加以否認，除此之外，固執得連一句話也不多說。明天我還要偵訊他，也許你希望在場吧？」

我們馬上接受了邀請。

「真是一件令人痛苦的案件，」檢察官嘆了一口氣說，「我對雷諾夫人深表同情。」

「她還沒有恢復意識，可憐的婦人，從某種意義上來說，這倒減少了她許多的痛苦。醫生說雖然危險期已經過了，但是她醒來後必須盡可能讓她保持平靜。我想，她現在的情況是遭受打擊後又摔了一跤而引起的。要是她的大腦因此失常，那就太悲慘了。不過倘若真是那樣，我可一點也不會感到奇怪……真的，一點也不會。」

阿于特先生靠著椅背，搖晃著頭，悲哀地想著灰暗的前景。

最後他回過神來了，突然說道：「這提醒了我。我這裡有您的一封信，白羅先生。我看看，我放到哪兒去了……」

他開始在他的文件中搜尋著，最後找到了信，把它遞給白羅。

「這是有人寄給我，要我轉交給您的。」他解釋道，「可是您沒有留下地址，因此我無法轉寄。」

白羅好奇地看著信。信是外國人的手跡，字體細長，有點兒斜，可以確定是出自女人之手。白羅沒有拆信，而是把它放進口袋裡，接著就站起來。

「那麼我們明天見吧，非常感謝您撥冗接見。」

「沒什麼，有事隨時吩咐。」

我們正要離開警察局，不料卻迎面遇見了吉羅。他看上去比以往更加狂妄不羈，一副洋洋得意的樣子。

「啊哈！白羅先生，」他輕快地叫道，「你從英國回來了？」

「你這不是看到了嗎？」白羅說。

「我想，這案件離結案不遠了。」

「我同意你的看法，吉羅先生。」

白羅壓著嗓門說話，他那馴和的樣子看來使對方很高興。

「這些軟弱的罪犯！竟然不想替自己好好辯護一下，真奇怪！」

「既然這麼奇怪，那不是值得讓人好好思考一下嗎？」白羅委婉地暗示著。

但是吉羅不屑聽他的，他神情輕鬆地轉弄著手杖。

「嗯，再見，白羅先生。我很高興你後來也同意小雷諾是有罪的。」

「那請原諒了，我一點兒也不這麼想。傑克・雷諾是無辜的。」

吉羅愣了一下，然後爆出一陣大笑，意味深長地輕叩著腦袋說：「Toqué[44]！」

白羅挺直了身子，目光嚴厲。

「吉羅先生，在整個辦案過程中，你一直不停地刻意羞辱我，所以你一定得受到一番教訓才行。我準備跟你打賭五百法郎，我會比你先找到殺害雷諾先生的凶手，你同意嗎？」

吉羅茫然地瞪著他，又嘟囔著說：「Toqué！」

「怎麼樣，」白羅催促道，「同意嗎？」

「我不想賺你的錢。」

「你放心，你賺不了的！」

「唔，好吧，我同意！你說我對你的態度傲慢，呃，有一兩次，你的態度才讓我大為惱火呢。」

「謝謝你告訴我，十分榮幸。」白羅說，「再見，吉羅先生。走吧，海斯汀。」

我們沿路走著，我不發一語，心情相當沉重。白羅表達的意思是夠清楚的了。我比之前更沒把握，不知自己是否真有力量營救貝拉，讓她不用承擔犯錯的後果。倒是這次與吉羅不愉快的重逢，反而讓白羅看起來精神煥發。

突然，我感到有隻手按住我的肩膀，回過頭來，看到是斯托納。我們停下腳步，跟他打招呼，他馬上表示要和我們一起散步走回旅館去。

「你在這裡還有什麼事要辦，斯托納先生？」白羅問。

「我總得支持自己的朋友吧，」斯托納乾澀地說，「尤其當他們遭到不公平指控時。」

「那你認為傑克．雷諾沒有犯罪？」我急切地問。

「當然沒有，我很了解這孩子。我承認在這一連串的事件中，有一兩點完全把我弄糊塗了，可是儘管他處理事情的方式很愚蠢，但我從來就不認為傑克．雷諾會是個殺人犯。」

這位祕書的話使我感到心裡暖洋洋的，他的話似乎為我除去了心頭上一個不可說出的沉重負擔。

「我毫不懷疑有很多人是和你持相同的看法，」我大聲說，「不利於他的證據實在少得可憐，我敢保證他會無罪開釋，這是無庸置疑的。」

44 法語，意思是「神經錯亂」。

但是斯托納的表現未如我的期望。

「但願我也可以像你那樣樂觀，」他慎重地說，然後轉身對著白羅說：「你的意見呢，先生？」

「我感到情況對他相當不利。」白羅平靜地說。

「你認為他有罪嗎？」斯托納尖聲問道。

「不，但我認為，他若想要證明自己無罪，並不是件容易的事。」

「他的表現真奇怪。」斯托納嘟囔著，「我知道這件事還有好多背後的隱因，但那個吉羅根本想不到這層，因為他是個門外漢。不過整個事件實在是太不可思議了。提到那一點，還是少說為妙。如果雷諾夫人不想把事情張揚出去，我會照著她的暗示處理。她是問題的中心人物，我對她的判斷力一向相當佩服，而我的立場也不宜過問；可是傑克的這種態度令我想不透，任誰都會感覺他是想要人家認為他有罪呢。」

「但這太荒謬了。」我插嘴叫著，「首先，那凶器……」我停住了，說不定白羅不希望我洩漏太多實情。我又接著往下講，謹慎地選擇使用的字眼。「我們知道，那晚刀子不可能在傑克·雷諾手裡，這一點我想雷諾夫人是很清楚的。」

「的確，」斯托納說，「等她恢復後，一定會把一切都解釋清楚。嗯，我得跟你們在這裡分手了。」

「等等。」白羅拉住了他不讓他離去。「要是雷諾夫人恢復了知覺，請你立刻叫人給我送個信好嗎？」

「當然好，那很容易。」

「關於凶器那一論點，我覺得很棒，白羅，」我們上樓時，我這麼說，「但當著斯托納的面我不便明說。」

「你做得對，我們盡可能自己知道就行了。至於那支凶器，你的看法幫不了傑克．雷諾多少忙。你還記得，今天早晨我們從倫敦動身時，我離開了一個小時？」

「那又如何？」

「呃，我試著去尋找傑克．雷諾把金屬片製成紀念品的那家公司。那不難找到。好了，海斯汀，他們為他訂做的裁紙刀不只兩把，而是有三把。」

「這樣說來……」

「照這樣看來，他給了母親一把，另一把給了那位貝拉．杜維恩，還有第三把他一定留著自己用了。不，海斯汀，我擔心的是，刀子的論點也不會有助於免去他的死刑。」

「事情不會走到這一步的。」我彷彿被刺了一下地叫道。

白羅猶豫地搖著頭。

「你會救他的！」我確定地喊著。

白羅面無表情地看了我一眼。

「你不是已經斷了我的路嗎，我的朋友？」

「可以再用別的辦法……」我囁嚅著。

「啊！Sapristi[45]！你難道要我創造奇蹟不成？不，別再說了。我們來看看這封信裡到底寫了什麼？」

他從口袋中取出了信封。

他在讀信時面部抽搐著，然後把一張薄膜似的信箋遞給了我。

「世界上還有另一個女人正在受苦，海斯汀。」

信上的字跡模糊，顯然那是在相當激動的情緒下寫的。

親愛的白羅先生：

當您收到此信後，懇請前來援助。我實在無人可以尋求幫助，我願意不惜一切代價營救傑克。容我跪著向您懇求。

瑪塔・多布勒

我把信遞還給他，心中深受感動。

「你要去嗎？」

「馬上去，我們叫一輛車吧。」

半小時後，我們來到瑪格雷別墅。瑪塔正站在門口迎接我們，她把白羅請進屋內，兩隻手緊緊地握著白羅的一隻手。

「啊，您來了……您真好。我簡直絕望透了，真的不知道該怎麼辦才好。他們甚至不讓我到監獄去看他。我痛苦死了，我簡直要瘋了。有人告訴我說，他並沒有否認犯案，這是真的嗎？可是那真是瘋了，他不可能做出這種事，我怎麼樣也不會相信。」

「我也不相信呢，小姐。」白羅柔聲說。

「可是他為什麼不說出來呢？我真的不懂。」

「也許他在掩護著誰。」

白羅試探著這麼說，一面注視著她。

瑪塔皺著眉。

「掩護誰？您是說他的母親嗎？啊，從一開始我就懷疑她。因為繼承大筆遺產的人是誰呢？是她。要穿著寡婦的喪服裝模作樣還不容易？他們還說，當他被捕時，她就這樣倒了下去！」她做了一個戲劇化的姿勢。「再說，斯托納先生，那位祕書，不用說一定是幫著她的囉。他們兩人狼狽為奸，也許她的年紀確實比他大，可是只要女的有錢，男人才不會在乎這個呢！」

45 法語，意思是「見鬼」。

她的語調中隱藏著悻悻然的感覺。

「可是斯托納當時人在英國。」我插嘴說。

「這是他說的，但是有誰知道是不是真的。」

「小姐，」白羅平靜地說，「如果你打算找我一起想辦法，有些事情我必須先弄清楚。首先我要問你一個問題。」

「什麼問題，先生？」

「你知道你母親的真實姓名嗎？」

瑪塔對他看了一會，然後把頭伏在手上哭了起來。

「呃，呃，」白羅說，拍著她的肩膀。「鎮靜下來吧，孩子，我看你是知道的囉？第二個問題：你可知道雷諾先生的真實身分？」

「雷諾先生？」她從手臂上抬起頭來，茫然地注視著他。

「啊，我看這一點你不知道，現在請你仔細聽好。」

他一步一步地回顧著案情，就像那天動身前往英國時他對我所說的那樣。瑪塔聽得入了神似的，他說完後，她長長地吐了一口氣。

「您真厲害，真了不起！您是世界上最最偉大的偵探。」

她迅速地從椅子上站起來，不顧面子地跪在他面前，並用十足的法國腔調說道：「請救救他吧，」她喊道，「我非常愛他。啊！救救他，救救他……救救他吧！」

25 意想不到的結局

第二天早晨，檢察官審訊傑克．雷諾時，我們一干人等都在場。雖然事件發生的時間不久，但那位年輕囚犯臉部發生了偌大改變，令我震驚不已。他雙頰凹陷，眼圈又黑又深，容貌憔悴，精神恍惚，看起來彷彿好幾夜都沒有睡覺似的，當他看見我們時也面不改色。

「雷諾，」檢察官開始說，「你是不是曾經否認案發當晚你人在梅蘭維鎮？」

傑克沒有立即回答，之後他說話了。那吞吞吐吐的樣子看起來很讓人憐惜。

「我……我對你們說過，我在瑟堡。」

檢察官厲聲回頭說：「把車站的證人帶進來。」

一兩分鐘後，門打開了，走進一個人，我們一下子就認出那個人是梅蘭維車站的腳夫。

「六月七日那晚是你值班嗎？」

「是，先生。」

「你親眼看到十一點四十分的列車到站？」

「正是，先生。」

「你看著那囚犯，你能認出他就是下車旅客中的一個嗎？」

「是的，先生。」

「你不會認錯吧？」

「不會錯的，先生。傑克．雷諾先生是我很熟悉的人。」

「你不會把日期弄錯吧？」

「不會，先生。因為第二天，六月八日，我們就聽說發生了凶殺案。」

另外一名在火車站工作的職員被帶了進來，他證實了第一個證人的證詞。檢察官望著傑克．雷諾。

「這些人肯定地確認了你的身分，你還有什麼話要說？」

傑克聳聳肩。

「沒有。」

「雷諾，」檢察官接下去說，「你認得出這個東西嗎？」

他從旁邊的一張桌子裡取出一件東西，高舉著讓囚犯看。我一眼就認出是那把小刀，不由得感到全身戰慄。

「請原諒，」傑克的辯護律師葛羅西先生喊道，「在我當事人回答這個問題以前，我要求跟他先說幾句話。」

但是傑克．雷諾不理會那個不安的律師葛羅西，他揮了揮手，要他別插手，平靜地回答說：「當然我可以認得出來，那是我送給母親的一件禮物，是戰爭的紀念品。」

「據你所知，這把裁紙刀有沒有其他複製品？」

葛羅西先生又喊了起來，傑克仍舊不理他。

「我不知道，那裁紙刀是我自己親自設計的。」

對傑克這樣大膽的回答，就連檢察官也幾乎倒抽了一口氣。的確，傑克看來似乎巴不得快點上絞刑台似的。但是，我知道，為了貝拉的緣故，他必須把有兩把刀的事隱瞞起來。只要大家認為只有一件凶器，那就不會懷疑到擁有第二把刀的女孩身上。他如此勇敢地掩護著他曾經愛過的女孩，可是自己卻得付出如此昂貴的代價！我終於開始明白，我輕率丟給白羅的那份任務是多麼艱巨呀！除非說出實情，否則要想為傑克開脫罪嫌，可不是一件輕而易舉的事呢。

阿于特先生又說話了，語氣變得異常尖銳。

「雷諾夫人告訴我們，出事的那晚，這把刀子是放在她梳妝台上的。但是雷諾夫人是個母親！這句話說來應該會使你吃驚，雷諾，可是我想，也許是雷諾夫人記錯了，或許是你沒注意而粗心地把它隨身帶到巴黎去了。我不用想，也知道你會反駁我……」

我看到那青年戴著手銬的手緊握著，他的額頭上滲著汗珠。他使盡了力氣，用嘶啞的聲

音打斷了阿于特先生的話，

「我並不想反駁你的話，這是很有可能的。」

這一瞬間，大家無不目瞪口呆地說不出話來。

葛羅西先生起來抗議道：「我當事人的情緒相當緊張。我要求記錄在案——我認為他不能為他現在所說的話負責。」

檢察官氣憤地把他壓了下去。這時，他自己心裡好像也感到懷疑。傑克・雷諾的表現似乎太不合情理了。他探身向前，搜索似地凝視著那名囚犯。

「雷諾，根據你已做出的回答，我們已不得不讓你交付審判，你完全了解了嗎？」

傑克灰白的臉脹紅了，他堅定地回望著檢察官。

「阿于特先生，我發誓，我沒有殺害我的父親。」

但是檢察官一時的猶豫消失了，他乾笑一聲，聽起來令人不悅。

「毫無疑問，不用懷疑，我們的囚犯總是無辜的。光憑你自己口裡所說的話，你的罪已經定了。你提不出辯護，提不出事證，只是提了句連小孩子也哄騙不了的話：你沒有罪。你殺害了你的父親，雷諾，這是一樁殘忍、卑劣的謀殺案，就為了那筆你以為在他死後可以得到的財富。你的母親是事後的共犯，不用懷疑，但考慮她是個為人母親者，法庭可以對她從輕量刑，但這對你卻不管用，而且理應如此！你犯的是滔天大罪，是人倫天理所不容的！」

令阿于特非常惱怒的是，他的話被人打斷了，門被推開了。

「檢察官先生，檢察官先生，」是一位法警，他吞吞吐吐地說，「有一位小姐，她說……她說……」

「誰說了什麼？」那個大有理由動怒的檢察官喊道，「這太不像話。我絕不容許，我絕不容許審訊受到干擾。」

然而，一個纖瘦的身影把那結巴的法警推到一邊，她全身穿著黑衣，長長的面紗遮住了臉，信步走進了法庭。

我的心作嘔似地跳動了一下。

她真的出現了！我所有的努力都白費了，然而我卻不得不佩服她的勇氣，她採取了如此斷然的手段。

她揭開了面紗——我喘著氣。因為，雖然兩人長得一模一樣，但這個女孩卻不是灰姑娘！而且，若她拿掉了在舞台上戴的淺色假髮，我可以一眼就認出她正是在傑克・雷諾房內發現的那張照片中的女孩。

「你是檢察官阿于特先生？」她問道。

「是的，可是我不容許……」

「我叫貝拉・杜維恩。我向你自首，是我謀殺了雷諾先生。」

26 灰姑娘寫給我的信

我的朋友：

收到這封信時你一切都會明白了。不管我怎麼說，都不能說服貝拉。她已經向警方自首，我也無力再和她爭辯了。

你現在知道我曾經欺騙了你，你對我的全部信任，我都報以一連串的謊言。也許在你看來是不容狡辯的，但是在我從你的生活中消失以前，我要對你說明這一切究竟是怎麼回事。如果這樣能得到你的寬恕，那麼往後的日子對我說來會好過些。我的所作所為不是為了自己——這是我唯一可以提出來替自己辯解的一點。

就從我搭上自巴黎駛出的接船列車，而在車上遇到你的那天說起吧。那時我為貝拉深感不安，她對傑克．雷諾的愛簡直是不顧一切，甚至要她躺在地上讓他踐踏她都願意。當他開始變心，不再常常給她寫信後，她心裡就知道不對勁了。她猜想他愛上了別的女孩，正像後來事實所顯示的那樣，她也確實是猜對了。於是她下定主意要到梅蘭維他們家的別墅中去找傑克。她知道我是不贊成的，因此設法趁我不注意的時候溜掉了。在加來發現她並沒有在火車上時，我就下定決心，除非找到她，不然我不回英國去。因為我有一種不祥的預感，如果我不阻止她，一定會出事。

於是我等候從巴黎開來的下一班列車。她就在車上，並且執意馬上到梅蘭維去。我拚命地跟她爭辯，可是沒有什麼效果。她精神極為緊張，非要按著自己的意思做不可。唉，我無能為力了，我已經盡了最後的努力。天色已晚，我必須找個旅館，而貝拉則逕向梅蘭維出發了。我始終擺脫不了「禍在眉睫」的感覺——就像某些書上的講法。

到了第二天，貝拉沒來找我。她本來是跟我約好在旅館碰面的，可是她沒有履行承諾。我整天都不見她的人影，我愈來愈感到心頭焦慮，接著晚報上便刊登了那項不幸的消息。

真是可怕呀！當然，我不能確定凶手是誰，可是我非常害怕。我這樣猜想：貝拉遇到了老雷諾，並且對他說了她自己和傑克的情況，而老頭子說了些侮辱她的話或是什麼的。我們姐妹倆又都是衝動的個性……

後來報上又出現兩個戴面具的外國人這段情節，我開始感到輕鬆了些，但貝拉的失約仍然讓我很擔憂。

翌晨，我坐立難安，想著一定得出來看看不可。一開始，我就遇見了你。以後的情形你都知道了……當我看到死者，看到他的面貌跟傑克竟然如此相像，身上還穿著傑克的花式大衣，頓時我明白了！還有那把傑克送她的裁紙刀——那充滿罪惡的小玩意，我判斷上面鐵定留有她的指紋。我當時無法向你說明我的恐懼和束手無策的心情。只有一件事是確定的——我必須拿到那把刀子，並且在人們還沒來得及發現以前就帶著它離開。於是我假裝昏過去，趁你去倒水的時候，就拿了刀子藏在我的衣服裡。

後來我告訴你，我住在燈塔旅館，可是實際上我是直接回到了加來，然後搭第一班的渡船回到了英國。在途經海峽的時候，我把那危險的小刀丟進了海裡，直到此時我才感到可以鬆一口氣。

貝拉原來早已回到我們倫敦的寓所，而且還裝作沒事的樣子。我把我做的事對她說了，還告訴她暫時不用擔心。她瞪著我，接著開始大笑起來，笑呀，笑的，聽著她的笑聲真覺得可怕！我覺得最好是找些事做，如果讓她有時間想到她做的錯事，她一定會發瘋的。剛好，那時有人邀請我們去表演。

後來，那天晚上我看見你和你的朋友一直注視著我們兩人……我著急起來了。你們一定是起了疑心，要不然是不會追查到我們身上來的。但即便是最壞的消息，我也必須知道，因此我就跟蹤你。我簡直是無計可施了。後來，我還沒來得及說些什麼，卻在無意中發覺你懷疑的其實是我，而不是貝拉！也許你把我當成了貝拉，因為我偷了那把小刀。

我希望，親愛的，你能了解我當時的心情，這樣也許你會原諒我……我真的害怕極了，頭昏腦脹的，已經管不了太多……只有一點我是知道的，那就是你願意設法救我。我當時並不知道你是否願意救她，我想可能不會，畢竟這是兩件事呀！可是我又不能冒這個風險！貝拉是我的孿生姐妹，我必須設法營救她。所以我繼續說謊，我感到自己很卑鄙——現在仍是……這就是整個真實的情況。我想，你也許會說：「好了，夠了。」我應該相信你的，如果我當初……

直到報紙又登載說傑克·雷諾已經被捕，一切便前功盡棄了，貝拉甚至等不及看看後續情況的發展……

我好累，我要停筆了。

她本來簽了「灰姑娘」三個字，可是又把它塗掉，改成「杜兒絲·杜維恩」。

這封信寫得很不整齊，字跡十分潦草，但是我一直把它保存到現在。

我讀信時，白羅跟我在一起。信紙從我手中掉下，我隔著桌子望著他。

「這段時間以來，你一直知道是另外一個做的？」

「知道，我的朋友。」

「那你為什麼不告訴我？」

「首先，我壓根沒想到你會犯下這種錯誤。那照片你是看過的，姐妹倆雖然很像，可是還沒有到不能分辨的地步吧。」

「可是那淡黃色的頭髮——」

「那是假髮，戴上它是為了在舞台上製造出逗人發笑的對比效果。難道會有這樣的事，一對孿生姐妹，一個是黑頭髮，另一個居然是黃頭髮？」

「那天晚上，在考文垂的旅館裡，你為什麼不告訴我？」

「你可是用了強硬的手段喔，我的朋友。」白羅冷冷地說，「我當時連說話的機會都沒有。」

「可是後來呢？」

「啊，後來！嗯，首先，你對我那麼不信任，讓我感到傷心。後來，我是想看看你的情感是否可以經得起時間的考驗。事實上，我就是想看看你這到底是真的愛情呢，還是曇花一現的感情用事，我總不能讓你長久錯下去。」

我點了點頭。他的語調很認真，使我沒辦法埋怨他。我看著信紙，趕緊從地板上將它拾起，把它們從桌面上推給白羅。

「你看吧，」我說，「我希望你能看看這封信。」

他默默地看著信，然後抬起頭來望著我。

「什麼事使你這麼不安，海斯汀？」

白羅的情緒跟以往不同，他把嘲弄的態度放在一邊。我沒有費多大唇舌就把我想說的話說完了。

「她沒有提到……她沒有說……嗯，她並沒有說，她究竟是不是也喜歡我？」

白羅把信還給我。

「我想你錯了，海斯汀。」

「哪裡錯了？」我喊道，急忙探身向前。

白羅微笑著。

「她字裡行間都是在對你訴說著這份感情呢，我的朋友。」

「可是我到哪裡去找她？信上沒有地址，就只有貼著一張法國郵票。」

「你別激動！讓白羅老爹來處理吧。只需給我短短的五分鐘，我一定會幫你找到她。」

27 傑克・雷諾的自述

「恭喜你，傑克・雷諾。」白羅說，熱烈地緊握著那青年的手。

年輕的雷諾一被釋放，尚未動身到梅蘭維去看瑪塔和他母親，就逕自前來探望我們。斯托納陪著他一同前來。那祕書的健壯體格跟這青年的憔悴容貌，形成了強烈的對比。顯然，他的精神已瀕臨崩潰。他淒然地向白羅微笑，低聲說：

「我之所以承受這一切的痛苦，就是為了要保護她，可是現在沒辦法了。」

「你不至於以為女人真會讓你為她付出生命的代價吧，」斯托納冷冷地說，「當她看到你拚命地直奔絞刑台時，就一定會出來自首的。」

「說實在的，你真是不顧一切地奔向絞刑台呢。」白羅補上了一句，微微眨著眼。「不過若是你再這樣下去，你可要把葛羅西先生活活氣死，那你的良心得要愧疚一輩子呢。」

「雖說他是好意，但他卻是完全不明白。」傑克說，「不過他真的是為我擔心，可是你知道，我又不能把心裡的話對他直說。如今，上帝啊！那貝拉怎麼辦呢？」

「要是我現在是處於你的立場，」白羅坦率地說，「我才不會庸人自擾呢。年輕貌美的女孩為愛情犯下罪行時，法國法庭總是從輕量刑的。一個聰明的律師會設法減輕當事人的罪刑，對你而言，這不會是件愉快的事……」

「我不在乎。你知道，白羅先生，從某種意義上來說，我的確認為我在我父親遇害這件事上是有罪的。要不是因為我，因為我跟這女孩的感情糾葛，他今天還會好好地活著。再說，我真該死，居然這麼粗心拿錯了大衣，我總覺得該對他的死負責。這件事我這一生都忘不了！」

「別這樣。」我安慰著他。

「當然，一想到貝拉殺害我的父親，就使我毛骨悚然。」傑克繼續說，「可是我對她也太無情了。當我遇到瑪塔並且意識到我做錯事後，我就應該坦白地給她寫信，對她說實話。可是我怕會發生爭吵，也怕會傳到瑪塔耳中，而使她認為事情還不止如此，結果……唉，我真是個膽小鬼，還一直希望事情會慢慢平息下來。就是這樣我才想順其自然，事實上卻不知不覺把這可憐的女孩逼上絕路。如果她真的想那樣把我刺死，那也是我罪有應得。現在她前來自首，真是有十足的勇氣。你知道，我願意完全承擔後果，直到最終。」

他沉默了一兩分鐘，突然轉到另一個話題去了。

「使我不解的是，那天晚上爸爸為什麼要穿著內衣和我的大衣在外面到處走動。我猜想，他是想趁那兩個外國人不察時趕緊逃走吧。還有我母親一定是弄錯了，把這兩個歹徒入侵的時間說成是兩點鐘。這應該不能算是謊報吧？我是說，我母親應該不會以為……不可能以為……凶手是我吧？」

白羅馬上對他保證說：「不，不，傑克先生。對這點，你完全不用擔心。至於其他的，我改日再向你解釋，情況是有些曲折離奇。可是在那個不幸的晚上究竟發生了什麼事，你願意告訴我們嗎？」

「其實也沒什麼。我對你說過，我從瑟堡回來，為的是在動身到遠方前先去看看瑪塔。而火車誤點了，所以我就決定抄近路穿過高爾夫球場。從那兒很快可以走到瑪格雷別墅的花園。我快到那兒時……」

他停住了，吞了一口唾沫。

「怎麼？」

「我聽到一聲可怕的呼喊聲，並不太大聲，好像是一聲抽噎、一聲喘息，可是這嚇得我心驚膽戰。我一下子站住了，好像被釘死在地上一樣。後來我繞過了矮樹叢的一角。那晚有些月光，我看到那個墓穴，有個人形，臉朝下躺著，一把刀子正插在他背上。就在那時，我抬起頭來看到了她。她望著我就好像看到了鬼一樣——一開始她一定以為我是鬼——因為太害怕使她的臉都僵住了，什麼表情也沒有。接著她喊了一聲，轉身跑開了。」

他停住了，努力想控制自己的情緒。

「後來呢？」白羅輕聲問。

「我真的不知道該怎麼辦，我在那兒發呆了一會兒，頭腦昏昏沉沉的。後來我想想，還是盡快離開比較好。我從來不曾想到他們會懷疑到我身上，可是我怕的是到時候會傳我出庭去證明她的罪行。我之前對你說過，我步行到聖博韋，在那兒叫了一輛車回瑟堡。」

這時有人敲門，一個小男孩拿了一份電報進來交給斯托納。他撕開電報，從座位上站了起來。

「雷諾夫人已經恢復知覺了。」他說。

「啊！」白羅跳起來，「我們馬上一起去梅蘭維！」

於是，我們匆匆動身。應著傑克的要求，斯托納同意留下，盡可能為貝拉·杜維恩進行所有可能的營救工作。白羅、傑克·雷諾和我就搭著雷諾家的車子出發了。

汽車開了四十多分鐘。當我們駛近瑪格雷別墅的門口時，傑克·雷諾詢問似地向白羅看了一眼。

「你先過去如何？告訴我母親說我已獲得釋放……」

「你則想親自告訴瑪塔小姐這個消息，是嗎？」白羅眨著眼替他說完了這句話。「好，就這麼辦，我自己本來也打算建議你做這樣的安排。」

傑克·雷諾再也等不及了，於是他讓車先停下了，跳出車外，沿著小路直奔瑪格雷別墅的前門，而我們就繼續搭車前往熱內維芙別墅。

「白羅，」我說，「你還記得我們第一天到這裡的情形嗎？還有我們聽到雷諾先生被謀殺時的情景嗎？」

「啊，記得，我的確還記得。其實距離現在也還不久呢！可是從那時候到今天發生了多少事情——特別是你，我的朋友。」

「的確，是啊。」我嘆息著。

「你是從感性的角度在看問題，海斯汀。但我不是如此。我們當然希望貝拉小姐會得到從寬處理，但無論如何，傑克．雷諾也不能同時娶兩個女孩！我是從專業觀點來看問題。這起案件並沒有一般偵探所欣賞的那種高明設計。喬治．康諾設計的場面確實是再巧妙不過，可是那收場……啊，就跟當初的設計不同了。一個男人因緣巧合為了一個女孩的一時怒氣而被殺——啊，真是的，這哪裡用得著什麼方法、安排呀？」

聽到白羅這些奇怪的說法，我不由得大笑了起來，這時芙朗索把門打開了。

白羅說他要立刻見見雷諾夫人，那老女僕就領著他上樓。過了些時候，白羅又出現了，他的神色顯得異常嚴肅。

「你在這兒，海斯汀。該死，不久後還會有狀況！」

「你這是什麼意思？」我喊道。

「我幾乎無法相信，」白羅沉思地說，「但女人總是令人意想不到。」

「傑克和瑪塔．多布勒來了。」我望著窗外叫了一聲。

白羅跑出客廳，在門外的台階上迎接這一對年輕的戀人。

「別進來，最好不要進來，你母親現在的情緒很不穩定。」

「我知道，我知道，」傑克．雷諾說，「我必須馬上上樓去見她。」

「可是，聽我說，別這麼做，現在最好不要去。」

「可是瑪塔和我……」

「不管怎麼說，別帶著多布勒小姐一起上去。如果你一定要上去就自己去，你最好是聽我的。」

他才說完，樓上便傳來一個聲音，使我們大家嚇了一跳。

「感謝您的好意，白羅先生，可是我得把自己的想法跟大家講清楚。」

我們愕然地直瞪著眼。雷諾夫人依靠在萊奧妮的肩膀上，正從樓梯上緩緩走下來，頭上還包紮著繃帶。那法國女僕正流著淚，勸女主人回床上去休息。

「夫人，您這樣會害苦自己，醫生命令您不可以下床的！」

然而，雷諾夫人還是繼續下樓來。

「媽。」傑克喊著，迎向前去。

她做了個手勢，把他擋了回去。

「我不是你媽！你也不是我的兒子！從今天開始，從這一時刻起，我不承認你是我的兒子。」

「媽！」那年輕人喊著，愣在一旁。

有一段時間，他聲音中的痛苦情緒似乎令她遲疑了，白羅做了一個安撫的手勢，她立刻又平靜了下來。

「你身上留有你父親的血債。對他的死，你在道義上有罪。你為了這個女孩，違背了自己的父親，而且對另一個女孩始亂終棄，以致害你父親喪了命。你現在就給我離開這個家。明天我就要採取行動，不讓你繼承你父親的任何財產。你就讓這個女孩，你父親不共戴天的仇人的女兒，帶你去舒舒服服地過日子吧！」

然後她慢慢地、痛苦地上樓去了。

這一幕情景是我們完全沒料到的，大家都驚訝得說不出話來。傑克經歷了這一切變故之後，本來已經心力交瘁，這時更是搖搖晃晃站不穩似的，差點就要倒下。白羅和我趕緊過去攙扶他。

「他受不了了，」白羅喃喃地對瑪塔說，「我們可以先帶他到哪裡療養呢？」

「回我家！到瑪格雷別墅！母親和我會照顧他，我可憐的傑克！」

我們把傑克送到了別墅，他軟弱無力地倒在一張椅子上，處於半昏迷狀態。白羅摸著他的額頭和手。

「他正在發燒。長時期的極度緊張現在發作了，再加上這次意外的打擊……快扶他上床去，我和海斯汀去請醫生。」

過了一會兒，醫生就來了。他檢查病人後說，他僅僅是神經緊張而已。好好休息一下，保持安靜，差不多明天就會恢復精神；但是如果再受到刺激，很可能會引發腦炎，最好是有人整晚看護著他。

我們盡力安頓好他，並決定由瑪塔和她母親來照顧他後，我們就動身前往梅蘭維鎮。那時已經過了平常的吃飯時間，我們兩人都餓得發慌。我們來到一家餐廳，那裡的牡蠣味道很好，稍微減輕了我們的饑餓程度，接著又點了一道牛肉，味道也很不錯。

「該找家旅館睡覺了。」當我們喝完最後一道黑咖啡時，白羅這麼說，「要不要去看看我們的老地方——貝氏旅館呢？」

我們沒有多說什麼就朝那家旅館走去。

「好，可以把先生們安置在面海的兩間舒適客房裡。」

接著白羅問了一個問題，使我吃了一驚。

「有一位叫羅賓遜小姐的英國女士到了沒有？」

「到了，先生。她在小客廳裡。」

「啊！」

「白羅，」他沿著過道往前走，我趕上他問道，「這位羅賓遜小姐究竟是誰呀？」

白羅親切且喜洋洋地對我說：「海斯汀，我為你安排了一件親事。」

「可是我……」

「呃！」白羅說，親熱地把我推進了門內，「難道你要我在梅蘭維這地方把杜維恩的名字公布出來嗎？」

起身迎向我們的正是灰姑娘。我握緊了她的雙手，所有的話都由我的眼睛來傳達了。

白羅清了清喉嚨。

「孩子們，」他說，「我們暫時還沒有時間談情說愛，我們還有工作要進行。小姐，我要你做的事你都完成了嗎？」

灰姑娘從她的手提包裡取出用紙包著的一件東西，一語不發地把它遞給了白羅，以此作為回應。白羅把包著的紙拿掉，我突然一驚。這是那飛機金屬片做的刀子，但照我原本的了解，這把刀已被她丟到海裡了呀。女人就是不甘心把最可能引起風波的東西和文件毀掉，真是讓人匪夷所思！

「Très bien, mon enfant[46]，」白羅說，「我對這東西很滿意，現在先回去休息吧。海斯汀和我還有事要做呢，你們明天會再見面的。」

「你們要去哪裡？」灰姑娘睜大著眼睛問。

「明天再全部告訴你。」

「你們要去哪裡？我也要去。」

「可是，小姐……」

「我已經說了，我也要去。」

白羅知道跟她爭辯也沒用，就讓了步。

「來吧，小姐，這可不是什麼好玩的事，也許根本不會有事發生。」

女孩沒說話。

二十分鐘後，我們出發了。當時天色已黑，天氣又很悶。白羅在前面帶路，走出了梅蘭維鎮，朝熱內維芙別墅的方向走去。但是他走到瑪格雷別墅時停下了腳步。

「我想看看傑克·雷諾是否一切平安，好讓自己放心。跟我來吧，海斯汀。小姐就暫時先留在外面等一下。也許多布勒夫人會說些什麼話，使她心裡不好受呢。」

我們開了前院的門，走上小路。當我們繞過房子的一側時，我要白羅注意二樓的一扇窗戶。窗簾上清楚地映照出瑪塔·多布勒的側影。

「啊！」白羅說，「我猜想傑克·雷諾就在那間房間裡。」

多布勒夫人開門讓我們進去。她說傑克還是老樣子，不過或許我們希望親自去探望一下。她帶我們上樓走進臥室。在開著燈的桌旁，瑪塔·多布勒正坐著在做女紅。當我們進去時，她馬上用手指壓著嘴唇，示意我們不要出聲。

傑克·雷諾雖然是睡著了，但是一下睡一下醒，頭轉來轉去，兩頰仍舊紅紅的，顯得很

46 法語，意思是「好極了，我的孩子」。

不舒服。

「醫生還有過來嗎？」白羅輕聲問道。

「我們去請，他才會來。他終於睡著了，這可是好消息，媽媽為他煮了一碗湯藥。」

我們離開房間時，她又拿起了刺繡的針線，而多布勒夫人則陪我們下樓。由於我知道她的過去，我很感興趣地審視著這個婦人。她站在那兒，低垂著眼，嘴角浮現著一絲淡然而令人捉摸不定的笑容。突然間，我感到很恐懼，像是看到了一條美麗的毒蛇似的。

「我希望我們沒有打擾您，夫人。」她開門讓我們出去時，白羅彬彬有禮地問。

「一點也不會，先生。」

「順便提一下，」白羅說，好像事後突然想起似的。「斯托納先生今天還沒有來過梅蘭維吧？」

我一點都不懂這句話的意思，我想也許對白羅來說，這只是無意識的隨口問問。

多布勒夫人非常鎮靜地回答說：「這個我不知道。」

「他沒有跟雷諾夫人談過話嗎？」

「我怎麼會知道呢，先生？」

「說得也是，」白羅說，「我以為他過來或離開的時候，您可能會看到。沒什麼，晚安，夫人。」

「為什麼……」我剛開口。

「別問為什麼，海斯汀，以後有的是時間。」

我們跟灰姑娘會合，迅速地往熱內維芙別墅走去。白羅回過頭去，對著那有光的窗戶和瑪塔低頭做女紅的側影望了一眼。

「他總算是有人在照顧。」他喃喃地低語著。

到了熱內維芙別墅，白羅就站在車道左邊的灌木叢後面，在那裡，我們對周圍的一切動靜都可以看得很清楚，而且自己可以完全不被人家發現。此時整個別墅置身於一片漆黑之中，毫無疑問大家都上床睡覺了。

這位置幾乎就在雷諾夫人臥室的窗戶下面，我注意到那扇窗戶是打開的。我認為，白羅的眼睛就是死盯在這個地方。

「我們接下來要幹什麼？」我耳語著。

「守著。」

「可是……」

「我預期，在一個小時內不會有什麼動靜，或許是兩個小時，不過……」

他的話被一陣長長而微弱的叫喊聲打斷了。

「救命！」

前門右邊二樓一個房間的燈亮了。呼喊聲是從那裡發出的。就在我們朝它看去，窗簾上映照出兩個人在扭打著的影子。

「Mille tonnerres[47]！」白羅喊道，「她一定是換房間了。」

他衝向前去，發狂似地敲著前門。然後又衝到花壇內的那棵樹下，像隻貓般敏捷地爬上了樹，我緊跟著他。他一縱身就從開著的窗戶跳了進去。我回頭一看，杜兒絲早已攀上了我身後的一根樹枝。

「當心點！」我驚呼著。

「你自己才要當心咧！」女孩反駁道，「這對我說來不過是雕蟲小技。」

白羅已經衝到空房間的另一邊，猛捶著門。

「外面上了鎖，鎖上了。」他咆哮著，「要把門撞開得花很多時間。」

求救的呼聲愈來愈微弱了，我看到白羅眼中的絕望。我們兩人一起用肩膀猛撞著門。

從窗戶那裡傳來灰姑娘的聲音，冷靜、無所畏懼。

「你們來不及了，我想只有靠我了。」

在我還沒來得及出手攔住她時，她一下子就從窗戶往上跳出了空中。我跑過去，向窗外望去，不由得全身毛骨悚然。我看到她正用兩手吊在屋簷上，身子靠兩手交換支撐地朝著那有燈光的房間移動。

「天哪！她會摔死的！」我喊著。

「你忘啦，她是個職業特技演員，海斯汀。今晚她堅持一定要跟來，真是仁慈上帝的美意，但願她能及時趕到。」

「啊！」

當女孩在窗裡消失的時候，一聲極其恐怖的叫聲迴盪在夜晚的上空。接著是灰姑娘清晰的聲音。

「不，沒用的，我已經抓到你了，我的手可不是容易掙脫的。」

就在這時，芙朗索小心翼翼地把我們面前那道如牢獄般的門打開了。白羅顧不得禮貌地把她推往一旁，衝向走道另一頭的一扇門，那裡有其他女僕圍觀著。

「先生，門是從裡面上鎖的。」

裡面突然有個東西重重摔下的聲音。一兩分鐘後，鑰匙轉動了，門慢慢打開。灰姑娘臉色蒼白，開門讓我們進去。

「她沒出事吧？」白羅問。

「沒事。我剛好趕到，不過她已經沒力氣了。」

雷諾夫人半坐半臥地斜靠在床上，一直喘氣。

「差點就勒死我了。」她痛苦地低語著。

女孩從地板上撿起了一個東西交給白羅。那是用絲編的繩子所做成的梯子，非常精細，

47 法語，意思是「真該死」。

而且很牢固。

「在我們死命敲著門的時候，她本來打算從窗口逃走。那一個……在哪兒？」白羅說。

女孩微微移到另一邊，用手指著。地上橫躺著一個人，身穿黑色衣服，衣服的一角遮住了臉。

「死了嗎？」

她點了點頭。

「我想是死了，她的頭一定是碰到大理石的火爐圍欄了。」

「凶手是誰？」我喊叫著。

「殺害雷諾的凶手，海斯汀，也就是謀殺雷諾夫人未遂的凶手。」

我深感疑惑地彎下膝蓋，掀起那一小塊衣服，這下映入眼簾的，居然是瑪塔．多布勒那已無生氣的美麗臉龐。

28 旅程終點

那天晚上以後的事情我不太記得了。對於我一再提出的問題，白羅無動於衷，他忙著責怪芙朗索沒有把雷諾夫人調換房間的事告訴他。

我抓住了他的肩膀，一心要他注意聽我說話。

「可是你是應該知道的，」我勸解著說，「今天下午你還被帶上樓去看她。」

白羅總算聽到我的話。

「當時她坐在一張沙發上，被推進中間的一個房間，也就是她的內房。」他說明著。

「可是，先生，」芙朗索喊道，「在主人的凶案發生後，夫人立刻就調換房間了，因為種種的聯想實在太令人痛苦了！」

「那為什麼不告訴我呢？」白羅大聲叫喊著，一面敲著桌子，怒火直沖。「我問你，為什麼不告訴我？你這個老太婆，真是個十足的糊塗蟲。萊奧妮和丹妮斯也好不到哪裡去。你們三個都是笨蛋！你們的愚蠢差點讓你們的女主人送了命，要不是這個勇敢的女孩……」

他停住了，直奔到房間的另一邊，那時灰姑娘正彎著身子在照顧雷諾夫人。他以法國式的熱情擁抱她，使我不免感到惱怒。

白羅一聲急遽的命令，把我從思想迷霧中驚醒過來，他要我馬上替雷諾夫人請醫生。請了醫生後，再把警察召來。他還補充了一句，著實令我生氣。

「你留在這兒也沒多大用處，我馬上會忙得顧不了你。我想讓這位小姐留在這裡當一位看護。」

我離開了，勉強保住自己的尊嚴。我辦完事回到旅館，對所發生的事感到不可思議。晚上發生的事真是離奇，簡直可以說是不可能。但沒人願意回答我的問題，就好像大家都聽不到我說話似的。我生氣地一頭倒在床上，不久便茫然困惑而筋疲力盡地沉沉睡去。

醒來時，發現陽光從開著的窗戶直射進來，白羅則穿著整齊、笑容可掬地坐在我床邊。

「你終於醒來了！你真能睡呀，海斯汀。你知道都已經快十一點了嗎？」

我呻吟著，一手按著頭。

「我一定在作夢呢，」我說，「你知道嗎？我真的夢見我們在雷諾夫人的房間裡，發現了瑪塔・多布勒的屍體，還夢見你宣布她就是謀殺雷諾先生的凶手。」

「你沒作夢，這一切都是真的。」

「可是，不是貝拉・杜維恩殺害雷諾先生的嗎？」

「哦，不，海斯汀，她沒有！她說是她殺害的，是的，可是那是為了救她心愛的人規避絞刑之罪。」

「什麼？」

「記得傑克．雷諾的描述吧？他們兩人同一個時刻都在現場，而且各自誤把對方當成了凶手。女孩大感意外地瞪著他，然後叫了一聲跑掉了。但是，當她聽到這罪行已算到傑克頭上時，她就承受不住了，一股腦跑來自首，想使他免受死罪。」

白羅靠在椅子裡，兩手以慣常的姿態互相抵著手指。

「我一直對這個案件不是十分放心，」他評論道，「因為我始終有個強烈的印象，那就是，我們正在處理一樁經過冷靜策畫的罪案，而真正的做案人，則非常巧妙地利用雷諾先生自己設計的藍圖，把警察導引上歧途。一般罪行重大的罪犯（你也許還記得我曾對你說過）所使用的手法，往往是再簡單不過的。」

我點點頭。

「我們來證實這一點理論吧！可想而知，這個凶手對雷諾先生的計畫一定十分清楚，這就使我們想到了雷諾夫人。可是，任何指控她有罪的說法都缺乏事實根據。那是否可能還有別人知道這些計畫呢？有的，我們聽到瑪塔．多布勒親口承認，她偷聽到雷諾先生跟那流浪漢的爭吵。如果這件事她可以偷聽到，那就沒有理由說她不會偷聽到其他的事，尤其當雷諾先生和夫人就坐在長凳上商量對策時。這是很不明智的。你記得吧，那時在那個地方，要偷聽瑪塔跟傑克・雷諾的談話有多容易。」

「可是瑪塔謀殺雷諾先生有什麼動機呢？」

「什麼動機？錢哪！雷諾是個億萬富翁，他死後，他那偌大的家產有一半會傳給他的兒子（至少她和傑克是這麼想的）。我們姑且從瑪塔・多布勒的角度把情節重新組織一下。

「瑪塔・多布勒偷聽了雷諾夫婦的談話。在案發之前，對多布勒母女來說，雷諾是她們一個可以永久安享的經濟來源，可是現在他打算要逃離她們的控制。起先，瑪塔的想法可能是如何阻止他逃跑。然而之後，一個更大膽的計策浮現在她的腦中。瑪塔・多布勒不愧是傑妮・貝羅迪的女兒，她也很有膽識！當時雷諾頑固地阻止她跟傑克的婚事，如果傑克真違抗他的父親，他將變成窮光蛋，這可不是瑪塔小姐所期望的。說實在的，我倒懷疑她對傑克・雷諾是否有絲毫的真情。她可以裝作柔情似水，但實際上她和她母親一樣，是個頭腦冷靜、工於心計的人。我還懷疑，她是否真的已經掌握住那個年輕人。她是把他迷住了，可是一旦和他分開——這一點他父親毫不費力地就可以做到——她很可能會因此失去他。但是如果雷諾一死，傑克成為億萬家產的繼承人後，婚禮就可如她所願地馬上舉行，這樣一來，她一下子就可獲得巨大的財富，而不再是到目前為止從雷諾那兒勒索來那少得可憐的數千法郎了。她聰明的頭腦想到，這是再簡單不過的道理，也是最容易達成的事。雷諾一直在設計自己的死亡，她只要在適當的時候把一切接收過來，把一場鬧劇變成殘酷的事實就好了。現在來談談使我正確聯想到瑪塔・多布勒的第二點——那把裁紙刀！傑克・雷諾訂製了三個紀念品。

一把送給了母親，一把給了貝拉‧杜維恩，那第三把不就很可能是送給瑪塔‧多布勒嗎？

「這樣，總結起來，有四點對瑪塔‧多布勒十分不利卻又值得注意的事：

一、瑪塔‧多布勒可能已經偷聽到雷諾的計畫。

二、把雷諾置於死地對瑪塔‧多布勒有直接且立即的獲益。

三、瑪塔‧多布勒是惡名昭彰的貝羅迪夫人的女兒。在我看來，貝羅迪夫人無論在道義上或在具體行動上，都是謀殺丈夫的凶手，也許那致命的一擊才是假喬治‧康諾之手。

四、除了傑克‧雷諾外，瑪塔‧多布勒是唯一可能擁有這第三把小刀的人。」

白羅停下來清了清喉嚨。

「當然，當我知道還有另外一個女孩貝拉‧杜維恩的時候，我認為她也很有可能殺死雷諾。但是這個結論我不太能接受，因為正如我曾向你說過的，海斯汀，像我這樣的專家總是希望碰到強勁的對手。不過，看待罪行，總得按照它被發現時的情況加以分析整理，尤其不能隨心所欲。我認為貝拉‧杜維恩不大可能在手裡握著一把紀念用的裁紙刀而四處走動，但當然也有可能她一直懷著要向傑克‧雷諾報復的念頭。當她親自前來自首時，看來一切都結束了。可是我仍心存疑慮，我的朋友，我……

「我再次逐點回顧這一案件，得到的結論跟以前一樣。如果凶手不是貝拉‧杜維恩，那另一個可能犯案的人只有瑪塔‧多布勒了，但是對她，我沒有任何證據！

「後來你拿給我看杜兒絲小姐寫給你的那封信，我想到了一個可以解決問題的機會。原來的那把小刀被杜兒絲・杜維恩偷去而且丟進海裡了，因為她以為這把刀子是她妹妹的那把。可是如果那把刀子不是她妹妹的，而是傑克送給瑪塔・多布勒的那把，那麼貝拉・杜維恩的刀子，一定還好好地在她妹妹那裡！於是我什麼也沒告訴你，海斯汀（那可不是談情說愛的時候），就把杜兒絲小姐找了來，把我認為必須澄清的部分對她說了，而且要她在妹妹的物品中找一下。然後她根據我的指示，以羅賓遜小姐的名義來找我，還帶了那把珍貴的刀子，你可以想像我有多雀躍呀！

「在此同時，我採取的行動迫使瑪塔小姐暴露她的真面目。按照我的策略，我要雷諾夫人趕走兒子，並且宣布她打算在第二天另立遺囑，剝奪他繼承父親財產（哪怕是一部分）的權利。這也許是孤注一擲，但又是必要的一步棋。雷諾夫人已經準備好要冒此風險，不幸的是，她沒把她調換房間的事對我說。我猜想，她一定以為我早就知道了。果然不出我所料，瑪塔・多布勒為了得到雷諾的龐大遺產，而下了最後一個巨大的賭注，但這次她失敗了！」

「我不明白的是，她是如何進去別墅而可以不被我們看到？」我說，「這簡直是魔術。我們走的時候，她還在瑪格雷別墅。而我們是直接前往熱內維芙別墅，可是她居然比我們先到那兒！」

「啊，當我們離開瑪格雷別墅的時候，她就已經不在屋裡了。當我們和她母親在門廳裡談話的那時，她就從後門走了。按照美國人的說法，她把赫丘勒・白羅『捉弄』了一番。」

「可是那窗簾上的人影呢？我們從路上還有看到，不是嗎？」

「是啊，在我們抬頭看之前，多布勒夫人有的是時間跑上樓去取代她女兒的位置。」

「多布勒夫人？」

「對。一個老，一個少。一個是黑頭髮，一個是黃頭髮，可是要在窗簾上擺出個影子，母女倆的側影可是出奇地相似呢。連我都沒有懷疑——我真是個百分之百的糊塗蟲！我還以為我們的時間綽綽有餘呢，我以為她會等晚一點才設法進入別墅。她是有些頭腦的，那個美麗的瑪塔小姐。」

「那麼她的目的是謀殺雷諾夫人？」

「對。這樣全部的財產就會交給她的兒子，可是她會製造出自殺的假象，我的朋友。在瑪塔．多布勒的身旁，我發現一塊紗布、一小瓶三氯甲烷和一個注射用的針筒，裡面含有足以致命的嗎啡劑量。你明白嗎？先用三氯甲烷讓被害人失去知覺，再用針頭注射嗎啡。等到第二天早晨，三氯甲烷的氣味消失，針筒就放在雷諾夫人手臂的附近，布置得好像是從她手上掉下的一般。那時，那優秀的阿于特先生將會說：『可憐的婦人！我不是對你們說了嗎，在經歷了這麼多變故後，她再也禁不住太多喜悅帶來的震撼了！我不是說過，如果她的頭腦因此失常，我也不會認為奇怪。雷諾事件真是悲慘至極！』

「然而，海斯汀，事情並不像瑪塔小姐計畫的那樣順利。首先，雷諾夫人醒著，正在等候她大駕光臨；接著是一番扭打，可是雷諾夫人身體還十分虛弱。瑪塔．多布勒只剩下最後一個機會了，製造自殺假象的計畫只好作罷，但如果她能用強而有力的手把雷諾夫人勒死，並趁我們還在另一邊的房門外猛捶的時候，用她所編的精巧軟梯逃走，甚至在我們趕到現場以前回到瑪格雷別墅，那麼就更難證明此案和她有什麼關係。可是她遇到了敵手——這次不是赫丘勒・白羅，而是那有著鋼鐵般堅韌手腕的 la petite acrobate[48]。」

我回想著整個案情。

「你什麼時候開始懷疑瑪塔・多布勒的，白羅？是當她告訴我們她偷聽到花園中的爭吵時嗎？」

白羅微微一笑。

「我的朋友，你記得第一天我們驅車到梅蘭維時，看到站在門口的那個美麗女孩嗎？你問我是否注意到一位美麗仙子，我回答說我只看到了一位眼神慌張的女孩。從一開始，我對瑪塔・多布勒就是這個印象。一個眼神慌張的女孩！她為什麼這麼慌張？那不是為了傑克・雷諾，因為當時她還不知道前一天晚上傑克在梅蘭維。」

「順便提一下，」我驚呼道，「傑克・雷諾怎樣了？」

「好多了。他還在瑪格雷別墅，可是多布勒夫人已經失蹤，警察正在尋找她。」

「你認為她跟女兒是串通好的嗎？」

「這一點我們可能永遠也無法知道了。多布勒夫人可是一個很能保守祕密的人呢，我懷疑警察能不能找到她。」

「傑克・雷諾都知道了吧？」

「還沒有。」

「這對他來說會是個可怕的打擊。」

「那還用說。不過，你知道，海斯汀，我懷疑他是不是真的感情專一。到目前為止，我們把貝拉．杜維恩看作是個迷人的海妖，而瑪塔．多布勒才是和他真心相愛的女孩。可是我想，如果我們把她們兩人的位置倒過來看看，也許才更接近事實。瑪塔．多布勒相當美麗，她一心要把傑克迷倒，而且也做到了。可是別忘了，很奇怪的，他就是不忍心跟另外那個女孩斷絕關係。你看，他寧願上絞刑台，也不願意把她牽扯進來。我有一點小小的想法，那就是當他知道事實的真相後，他會深感毛骨悚然，也會因此產生反感，而他虛假的愛情也會隨之消失。」

「那吉羅怎麼啦？」

「他神經病發作了，那小子！他不得不回巴黎了。」

我倆相視而笑。

白羅是個名不虛傳的預言家。當後來醫生宣布傑克．雷諾的身體已經恢復，可以讓他知道事實真相時，白羅便對他說明了所有案情。這個打擊確實巨大，可是傑克比我們想像的還

48　法語，意思是「小小特技演員」。

要經得起考驗。他母親的細心照護和專注的感情，幫助他度過那些艱難的日子，他們母子倆現在簡直是形影不離。

還有一件事後來也揭曉了。白羅對雷諾夫人說，他知道她的祕密，並向她建議，不應該對傑克隱瞞父親的過去。

「隱瞞實情無濟於事，夫人，鼓起勇氣，把一切都告訴他吧。」

雷諾夫人懷著沉重的心情答應了，因此她的兒子也知道了自己敬愛的父親，原來是個逃犯。傑克提出一個難以啟齒的要求，而白羅馬上做了回答。

「你放心，傑克先生。外界都不知道。依我看來，我也沒什麼義務要把這事告訴警察。因為打一開始承辦這起案件，我就是替你父親而不是替他們辦事的。真理最後懲罰了他，但沒有必要讓世人知道他和喬治．康諾是同一個人。」

當然，這起案件中有幾個疑點仍然使警察當局疑惑不解，但是白羅所做出的解釋都合情合理，因此大家也逐漸不再有疑問了。

我們回倫敦後不久，我發現白羅的壁爐板上裝飾著一個巨大的獵犬模型。我詢問似地向白羅瞥了一眼，白羅點頭以示回答。

「是呀，我贏了那五百法郎呢！那頭獵犬可真不賴吧？我為它取名叫吉羅！」

數天後，傑克．雷諾來看望我們，臉上帶著堅毅的神色。

「白羅先生，我來向你告別，我立刻要動身前往南美。我父親在那裡有許多產業，我打算在那裡開始我的新生活。」

「你一個人去嗎，傑克先生？」

「我母親和我一起。我仍然聘請斯托納做我的祕書，他也喜歡遙遠偏僻的地方。」

「還有沒有別人和你一起去？」

傑克紅著臉。

「你是說……」

「有個非常愛你的女孩，她甚至願意為你犧牲自己的生命。」

「我怎麼說得出口呢？」那青年囁嚅著，「經過這番變故，我哪能再去見她，並且……唉，我還能編出什麼樣的故事來騙人呢？」

「女人哪，對於消化那類故事，可是有著許多了不起的天分呢！」

「是呀，可是……我真是個該死的傻瓜。」

「我們都是傻瓜，不是在這個時候，就是在那個時候。」白羅深富哲理地說。

但是傑克的臉變得嚴肅了。

「還有一點，我是我父親的兒子，任憑誰知道了這點，還有誰願意嫁給我？」

「你說，你是你父親的兒子。海斯汀在這兒可以告訴你，我是相信遺傳……」

「嗯，那麼……」

「等等，我知道有一個女人，一個有勇氣、有毅力的女人，她懷有偉大的愛情，可以做出最偉大的犧牲……」

那青年抬起頭來，眼光變得柔和了。

「我母親！」

「對。你是你父親的兒子，但同時你也是你母親的兒子呀。到貝拉小姐那兒去吧，把一切都告訴她，什麼都不要保留，看她怎麼說！」

傑克看上去猶豫不決。

「去看她時可別再像個孩子似的，要像個男人，像個雖然飽受命運和現狀的折磨，但是心中仍展望美好生活的男人。要求她跟你共享這種嶄新、美好的生活。你可能還沒有想到，你們彼此之間的愛情早已經過重重烈火的考驗，也證明是真摯不變的，你們兩人都願意為對方犧牲自己的生命。」

§

至於約瑟・海斯汀上尉，本文謙虛的記錄者，後來又是如何呢？

有人說他跟雷諾一家人在南美經營牧場，但是作為故事的結尾，我想還是回到熱內維芙別墅花園裡的那一個早晨吧。

「我不能叫你貝拉，」我說，「因為這不是你的名字。叫你杜兒絲呢又顯得太生疏。因此，還是叫你灰姑娘吧。灰姑娘最後跟王子結了婚，你記得吧。我不是王子，可是呢……」

她打斷了我。

「我相信，灰姑娘曾對他提出警告。你知道，她無法承諾讓自己變成一位真正的公主。畢竟，她只是個微不足道的人……」

「這下子輪到王子說話了，」我說，「你知道他怎麼說的？」

「不知道。」

「『該死！』王子說著，並且吻了她！」

我說著，並且吻了她。

專文推薦

藏在日常細節中的冒險

楊照（作家）

一開始，就都在那裡了。

一九二〇年，阿嘉莎．克莉絲蒂出版了《史岱爾莊謀殺案》，神探白羅就已經退休了。而且在這個案子裡，藉由敘述者海斯汀的轉述，就鋪陳出克莉絲蒂小說最基本的偵探原則：

「那些看來或許無關緊要的小細節……它們才是重要的關鍵，它們才是偉大的線索！」

「豐富的想像力就像洪水一樣，既能載舟亦能覆舟，而且，最簡單直接的解釋，往往就是最可能的答案。」

「沒有任何謀殺行為是沒有動機的。」

還有，一個不討人喜歡的死者，一群各有理由不喜歡死者、因而也就都有殺人動機的人，這些人彼此之間構成複雜的關係，有的互相仇視，有的互相愛戀，麻煩的是，有些愛人其實貌合神離，有些仇人其實私下愛慕；更麻煩的是，不論是愛或是仇，都有可能是扮演出來的。

一個外來的偵探必須周旋在這些嫌疑者之間，從他們口中獲取對於案情的了解，換句話說，他必須在很短的時間內，搞清楚誰是誰、誰跟誰吵架、誰跟誰偷情，然後判斷誰說的哪一句是實話、哪一句是謊言。常常謊言比實話對於破案更有幫助。

再偷偷透露一下，如果要和小說裡的凶手及小說背後的作者鬥智，就像克莉絲蒂對英國社會的了解，祕訣就在於要去追究小說裡的人物背景，尤其是他們的階級地位。基本上，階級地位愈高、權力愈大、愈有錢者，說的話就愈不要相信。例如在《史岱爾莊謀殺案》中，僕人、園丁說的話遠比有頭有臉的人說的要可信多了。就算要說謊，他們的謊言也比較天真，而且往往出於善良動機。當你歸納線索時，就會知道他們並非故意說謊，那是因為他們的認知受到蒙蔽或誤導，而你慢慢就從這蒙蔽或誤導中被引導到真相。

《史岱爾莊謀殺案》出版那年，克莉絲蒂三十歲，但書稿其實早在五年前就寫好了，畢竟要找到有人願意出版一個看來再平凡不過的家庭主婦寫的小說，並不是那麼容易。

所有和克莉絲蒂接觸過的人，都對於她的「正常」留下深刻印象。她看起來就和她那個年紀的典型英國家庭主婦一樣，害羞、靦腆，只能在社交場合勉強跟人聊些瑣事話題，完全無法演講，甚至連只是站起來對眾賓客說幾句客套話，請大家一起舉杯，她都做不到。她不演講，也很少答應接受採訪，就算採訪到她也很難從她口中得到有趣的內容。她會講的，幾乎都是記者本來就知道、或者自己就可以想得出來的。

例如說白羅這個神探的來歷。克莉絲蒂回答：他應該是個外國人，這樣就能在英國日常生活中看出英國人自己看不出的線索。她自己碰過的外國人，只有第一次大戰剛爆發時到英國避難的比利時人。比利時警察怎麼能跑到英國來？那一定是因為他已經退休了。他有潔癖，所以對於現場會有特殊的直覺，馬上感受到不對勁的地方。一個有潔癖的人，好像應該長得矮小些才相稱，一個矮小有潔癖的人最適當的名字，就是希臘神話裡的大力士「赫丘勒斯（Hercules）」，製造出荒唐的對比趣味。那白羅這個姓是怎麼來的呢？克莉絲蒂很誠實地說：「我不記得了。」

一切都如此順理成章，一切都如此合邏輯，不是嗎？有記者問她怎麼看自己的舞台劇〈捕鼠器〉，創下了英國劇場、甚至全世界劇場連演最多場紀錄的名劇？克莉絲蒂的回答也還是中規中矩，合理合節：那是一齣小戲，在一個小劇院演出，成本很低，任何人想到了都可以帶家人或朋友去看，老少咸宜，並不恐怖，也不特別荒謬打鬧，可是又什麼都有一點，包括恐怖和荒謬打鬧的成分。

她的身上找不出一點傳奇、怪誕色彩，那她為什麼能在五十年間持續寫偵探小說，創造了那麼多謀殺，還創造了那麼多詭計？

首先因為她是女性，以及她的身世，包括她的階級身分，使得她在描寫故事場景時比一般男性作者來得敏感。因為在她之前的偵探推理小說男性作家的階級身分都是高高在上，基本上他們會從較高的角度看社會，比較看不到底層的感受。

而她的婚變以及婚變中遭逢的痛苦，都使她更能體會與觀察，將英國社會的複雜細節融入小說的核心情節，讓探案與線索分析結合在一起。

克莉絲蒂一生結過兩次婚，第一次在一九一四年，婚後不久，丈夫就參加了歐戰，是英國皇家空軍最早一批飛行員。一九二六年，這個丈夫有了外遇，直率地向克莉絲蒂要求離婚，在那之前，克莉絲蒂的媽媽才剛過世，雙重打擊之下，又遇到車子無法發動，克莉絲蒂崩潰了，她棄車而走，忘記了自己究竟是誰，躲進一家鄉間旅館，登記時寫了她心裡唯一有印象的名字——她丈夫情婦的名字。

離婚後，一次在晚宴中，有人提起近東烏爾考古的最新收穫，克莉絲蒂就取消了原定要去西印度群島的計畫，改訂了跨越歐洲到君士坦丁堡的「東方快車」，是的，就是這趟旅程給了她寫《東方快車謀殺案》的靈感。不過更重要的是，在烏爾，她認識了一位年輕的考古學家，比她小十四歲，這個人後來成了她的第二任丈夫。

這位考古學家陪她去參觀在沙漠中的烏克海迪爾城，卻在沙漠中迷路困陷了。幾小時中克莉絲蒂卻沒有一點驚慌不安，當下考古學家就決定要向她求婚。

原來，克莉絲蒂的內心是有這種冒險成分的。要不然她不會兩次選到的，都是喜愛冒險的丈夫，而她本身大概也不會吸引一個在各種危險情境下挖掘古代寶藏的人，讓他願意向一個大他十四歲的女人求婚。

這樣說吧，維多利亞時代後期的英國環境，壓抑限制了克莉絲蒂冒險、追求傳奇的內在衝動，她只好將這樣的衝動寄託在丈夫和寫作上。她一邊陪著第二任丈夫在近東漫走，一邊在小說中寫各式各樣的謀殺與探案。謀殺和探案都是冒險，還有，偵探偵查中做的事——蒐集線索，還原命案過程——其實和考古學家的考掘，如此相似！

克莉絲蒂寫得最好的，正是「藏在日常中的冒險」。她個性中的雙面成分，造就了特殊的偵探魅力。既嚮往非常傳奇，卻又有根深柢固的日常邏輯信念，兩者都在克莉絲蒂的小說中扮演了重要角色。她的謀殺案幾乎都和日常習慣緊密編織在一起，日常環境成了兇手最重要的掩護。有些日常規律明顯地被破壞了，讓我們很自然以為那會是謀殺的線索，沿著這些線索形成了閱讀中的推理猜測，然而白羅早就提醒了，真正重要的反而是那些「細節」，也就是看來像是依隨日常邏輯進行的事，或說藏在日常邏輯中因而不被看重的事，那裡要嘛藏著兇手的核心詭計、煙幕，要嘛藏著兇手致命的破綻。

兇案的構想，就是如何讓異常蓋上日常、正常的面貌，又如何故意將日常、正常予以扭曲，製造假象；那麼偵探要做的，就是如何準確地在日常中分辨出真正的異常，將假的、明顯的異常撥開來，找出細節堆疊起來的異常真相。

此外，克莉絲蒂的小說裡隱藏著極其曖昧的情感價值觀，最典型、最有名的就是《東方快車謀殺案》。透過追查過程，讓讀者知道為什麼凶手要訴諸於這種手段，其動機具有可同情之處，再加上克莉絲蒂對身分階級的觀察，她比較相信或讓讀者相信那些沒有權力、地位的人，隨著偵查節奏去認識可能或必須懷疑的人。克莉絲蒂最擅長營造「多重嫌疑犯」的小說特質，因為讀者在閱讀時必須被迫去認識很多不一樣的人。在她最受歡迎的作品，大概都具備這樣的特質。

當然，她的作品中還有兩個最突出的神探，即白羅和瑪波。白羅是比利時人，但為什麼必須是外國人？這是因為英國人具有高度階級意識，這種觀念一路滲透到所有互動細節，包括人與人之間如何說話。而白羅因為不是英國人，他會發現一般英國人不太看得出來的東西，以及兩個人互動的方法哪裡不正常。至於瑪波為什麼得是老太太？她一如那個年代的老人家，總是靜靜坐著打毛線，因為不起眼，自然讓人放鬆防備，所以瑪波探案的線索都是來自於這樣的互動模式。

然而，白羅有很明顯的優勢，瑪波的身分使她基本上只能進行「靜態」的辦案，案子的空間受到侷限，白羅卻可以跨越各種空間，恣意揮灑。而且白羅擁有警官身分，可以合理出現在各種犯罪現場，瑪波能出現的地方，相形之下就勉強、不自然多了。白羅是明白的outsider，在英國，只要他出現，就會覺得有外人在而感到緊張，於是很容易露出平常不會表現的行為；瑪波則看起來是 insider，但實質上是 outsider，因為總是沒人發現她、當她空氣人。這兩人的探案，是兩個極端。雖然讀者最愛白羅，但克莉絲蒂自己偏愛瑪波勝於白羅。

不管後來的偵探、推理小說發展了多少巧妙詭計，克莉絲蒂卻不會過時，因為她的推理如此密切地和日常纏繞在一起；活在日常中，我們就無可避免被克莉絲蒂的「日常細節推理」吸引，隨時讀來都充滿驚奇趣味。

名家盛讚克莉絲蒂（依推薦時間排序）

金庸（作家）

克莉絲蒂的寫作功力一流，內容寫實，邏輯性順暢，也很會運用語言的趣味。閱讀她的小說，在謎底沒有揭露之前，我會與作者鬥智，這種過程非常令人享受。其作品的高明之處在於：布局的巧妙完全意想不到，而謎底揭穿時又十分合理，讓人不得不信服。

詹宏志（作家、PChome 網路家庭董事長）

推理小說在從先輩柯南．道爾等人的發明中出現力量時，誕生了一位《天方夜譚》故事中每天說故事說個不停的王妃薛斐拉．柴德，也就是「謀殺天后」克莉絲蒂，整個世界對聽這些故事才有如此的熱情。他們捨不得睡覺，每天問後來還有嗎、還有嗎，永遠不肯離去，這就是克莉絲蒂對推理小說的最大貢獻。

可樂王（藝術家）

所謂「克莉絲蒂式」的推理小說，就是一場和一個天才的寫作者或高明的恐怖份子在紙上捕掠捉殺的戰事。即便是一列火車、一處飯店或一間酒吧，在克莉絲蒂寫來皆充滿神祕和猜謎。在人生適合的下午裡，我總是一面嚼著口香糖，一面跟著矮子偵探白羅穿梭謀殺現場，克莉絲蒂的推理作品無疑是推理世界中最充滿「魔術性」的小說。

吳若權（作家、節目主持人）

我從小就對推理小說情有獨鍾，克莉絲蒂一系列的作品尤其令我愛不釋手。多年來，閱讀推理小說的經驗讓我覺悟：讀者在文字情節中推展開來的驚嘆，不只是因緣於故事的本身，而是自我性格的投射。從這個觀點來看克莉絲蒂一系列的作品，她簡直就是洞徹人性的算命師。而讀者，在她的文字中，發現了自己無可奉告的命運。

藍祖蔚（國家電影及視聽文化中心董事長）

做過藥劑師，難免懂得毒藥；嫁給考古學家，難免也就嫻熟文明的神祕；再加上曾經失蹤九天，一切不復記憶的離奇經驗，的確提供了寫作靈感，但若少了想像力，那些片羽靈光縱使辛辣如辣椒，卻不足以成菜。

推理小說重布局、重人物描寫，克莉絲蒂最厲害的卻是犀利的人性觀察，她一手創造的白羅探長，潔癖個性完全和她相反，更將她所憎厭的人格特質集於一身，殊不知，唯有不對著鏡子寫作，才能夠跳出框架與制式反應，開闢無限寬廣的新世界，建構多面向的詭異迷宮。

看完她的小說，你只會更加訝異，到底是什麼樣的心靈才能成就這般視野？

李家同（作家、前暨南大學校長）

克莉絲蒂的整體布局十分細膩，最後案情也都講解得非常詳細，回頭去看，在書中都找得到線索。故事的情節與內容也很好看，不是像一個流氓在街上被殺掉那麼單調。……看小說應該要花腦筋、要思考，從小就要養成思辨的能力，看她的小說，就是對邏輯思考能力極佳的訓練。

袁瓊瓊（作家）

雖然被公認是冷靜理性的謀殺天后，但是在理性之下，克莉絲蒂的底色依舊是感情。克莉絲蒂很明白，所有的慾望之後，都無非是某種愛情。在以性命相搏的犯罪世界裡，凶手以終結他人的性命來遂私欲，不過是為了成全自己的愛，或者是成全自己的恨。

鄧惠文（精神科醫師）

以推理小說作家而言，克莉絲蒂的風格相當獨樹一格。她的偵探在辦案時，靠的不光是科學證據的搜集，而是大量運用犯罪心理學，及對人性的深刻了解。例如在《五隻小豬之歌》中，白羅便是藉由聽取嫌疑犯訴說案情時所不自覺顯露的主觀意識及中心思想，而看出其中破綻，找出真凶。白羅是靠腦袋辦案，以心理層面去剖析案情，即使人們敘述的是同一件事，他可以聽出不同角色因出發點及看待角度不同所透露的情緒觀感，從而抽絲剝繭，還原事實真相。

克莉絲蒂所塑造的人物也生動且各具特色，不同個性所出現的情緒反應描寫，皆細膩而準確，讓讀者產生豐富的想像空間，一展卷便欲罷而不能。

吳曉樂（作家）

克莉絲蒂使用的語言平易近人，主要是以角色與情節的對應來斧鑿出故事的深度，堆疊出讓讀者回味的迂迴空間。而她筆下的角色往往性別、階級、性格、族群各異，塑造出多元又豐富的人物群像。

文學作品不問類型，若要流傳於世，最終仍得上溯至「人性」的理解與反思。而阿嘉莎．克莉絲蒂的作品中，我們可以看到人類屢屢得和自己的人生討價還價，或千方百計讓主觀意識與客觀條件達成某種程度的整合，讀者在重建人物的心理軌跡時，也見識到自身的是非成敗，我認為，這也是克莉絲蒂的作品能夠璀璨經年、暢銷不衰的主因。

許皓宜（心理學作家）

克莉絲蒂筆下的故事看似在談人性的醜惡，實則像一位披著小說家靈魂的心靈引導者，用她的文字訴說著人們得不到「愛」時的痛苦。於是在故事終了的剎那，你不得不對人生多了幾分「看透感」：原來，我們心裡的那些痛苦、報復與自我折磨的慾望，不是因為「憤恨」，而是起於對「愛的失落」。這或許是我們在情感世界中最珍貴且深刻的一種覺察了。

推理小說荒謬驚悚嗎？不，它其實很寫實。它幫我們說出心裡的苦、怨、醜陋的慾望，於是，我們可以重新學習愛了。

一頁華爾滋 Kristin（影評人）

從有記憶以來，閱讀克莉絲蒂最迷人之處往往不在真正的凶手是誰，而是在於「Why」（為什麼）與「How」（如何進行），在於人性與心理描摹的故事肌理。依循其書寫脈絡，會發覺不只是邏輯清晰、布局縝密、著重細節，她總能完美掌握敘事節奏，書中人物彷彿真實存在般鮮明躍然紙上，讀者情緒會隨精準文字保持流轉、跳動、收放，掩卷時並無太多真相水落石出的暢快，反倒淡淡的惆悵化為餘韻襲上心頭，原來還是種種意料之外，卻屬情理之中的人性盲目使然。私以為，那成就了克莉絲蒂的推理故事之所以無比迷人的主因之一。

冬陽（推理評論人）

雖然阿嘉莎．克莉絲蒂的作品並非我的推理閱讀啟蒙，卻是養成閱讀不輟的重要推手。首先，她無庸置疑是個說故事能手，打開我名為好奇的開關；其次是設計犯罪事件的巧妙多元，既日常又異常，凶手更是叫人意想不到。沒錯，我相信每個當讀者的都忍不住想破案，想早偵探一步識破詭計，或者像考試結束鈴響前一秒，瞎猜都要指著某個角色大喊「你就是犯人」！然後會忍不住作弊——不是翻到最後幾頁窺探真凶身分，而是往前翻查讓人起疑的段落、偵探顯然掌握重要線索的時刻，直到忍不住豎白旗投降，看神探（我知道啦，真正把我要得團團轉的聰明人是作者）頭頭是道地分析我遺漏錯置的片片拼圖，終於看清真相全貌。這，就是偵探推理，我因此熟悉遊戲規則、沉醉在每一場迷人故事裡，成為這個類型書寫的俘虜，享受至今不疲的美好滋味。

石芳瑜（作家、永樂座書店店主）

布局細膩、處處留下線索，破案解說詳細，說明了這位安靜、害羞的推理小說女王心思縝密，且充滿想像力。密室殺人，完美犯罪，《東方快車謀殺案》不愧為古典推理小說的經典。再加上神祕的東方色彩，隨著火車抵達的迫切時間感，連非推理小說迷都會神經拉緊，讀完大呼過癮。

家庭主婦缺少人生經驗？處女座的阿嘉莎．克莉絲蒂充分展現她過人的寫作天分，靠得是從小開始的閱讀，以及對偵探小說的著迷。三十歲寫下第一本偵探小說《史岱爾莊謀殺案》的克莉絲蒂，在那個時代並不能說是「早慧」，但寫作生涯五十五年中，共創作了八十部偵探小說，卻令人難以企及。這位害羞靦腆的小說女神，大概是相信只要有足夠的理由，每個人都有殺人的可能！

余小芳（暨南大學推理研究社指導老師、台灣推理作家協會常務理事）

學生時代加入推理社團，社課指定讀物便是經典作品《一個都不留》，成為我對克莉絲蒂的初步印象，自此沉浸於推理小說的世界。隔年寒假陪同學參與轉學考，在斜風細雨的走廊中，滿足讀完《東方快車謀殺案》。隨著歲月遠走，已昇華成趣味回憶。

踏入推理文學領域需要認識的作家，阿嘉莎．克莉絲蒂絕對名列其中，她的作品常有英國小鎮風光、莊園式的謀殺、設備豪華的交通工具等，還有特色鮮明的偵探活躍其中。書中少有血腥、暴力的橋段，布局巧妙且結構嚴密，手法純粹、知性，故事內容與人物性格融為一體，以高超的想像力結合說好故事的能耐，為推理小說開創新局面。克莉絲蒂推理全集重編改版，值得新舊讀者一起探索。

林怡辰（國小教師、教育部閱讀推手）

多年後，還是難忘第一次閱讀阿嘉莎．克莉絲蒂作品的感動和激動。這套將近一世紀的作品，文筆流暢，邏輯縝密，過程中不斷與作者較量、猜出凶手，直到最後解答不禁佩服，蛛絲馬跡處處展現作者的精妙手法，於是又拿起另一部作品，再次沉溺在謀殺天后所編織的日常世界中的奇幻，無可自拔。犯罪動機和手法穿越時空限制，如今讀來合理且依舊令人感動，閱讀中趣味橫生，難怪成為後來諸多偵探小說的原型。

克莉絲蒂創作生涯中產出的八十部推理作品，至今多部躍上大銀幕，無怪乎被稱之為「經典」，喜愛推理偵探作品的人不可不讀，你會驚異於她在文字中施展的魔法！

張東君（推理評論家、科普作家）

我愛克莉絲蒂！這位在台灣有時會被稱為克奶奶的超級暢銷推理小說家，即使是自認沒讀過她的書的人，也都會在各種書籍或影視作品中看到對她致敬的片段。由於她喜歡旅行和冒險，那些經驗與體驗都成為書中的場景，因此閱讀她的作品時，不只是雀躍地跟著偵探推理，也有了虛擬的旅行體驗。或者當成旅遊導覽書，在出發去尼羅河、去英國鄉間、去搭船搭火車時，就塞一本克奶奶的作品到隨身背包中。

我還是大學新生時，就聽學姐說她哥哥經常看克奶奶的小說，而且邊看邊狂笑。於是我跟著效仿，在某次搭飛機之前買了第一本小說當旅伴，不只看得超開心，看完後還到處找尋書中出現的那種有兜帽的斗篷，當成出門時的必備用品。克奶奶的作品是跨越文字、國界的。只要看過一本，就會不停地追下去。還好，真的是還好只有八十本。何況這次是全新校訂的紀念珍藏版，當然不能錯過！

發光小魚（呂湘瑜）（文史作家、助理教授）

一部好的偵探小說，除了情節設計巧妙之外，還需要洞悉人性，如此方能合理地交代人物的言行舉止與動機。阿嘉莎・克莉絲蒂便是其中翹楚，她的作品不管是偵探、愛情小說或戲劇，必要元素都是謎題與人性。在寧靜無波的場景下暗潮洶湧，永遠都有意料之外，讀者的情緒也會隨著劇情的進行起伏糾結。克莉絲蒂觀察到時代的變化，將犯罪心理融入作品中，於是，看她的小說不只能得到解謎的快樂，同時對人性也能夠有所省思。

此外，克莉絲蒂豐富的人生歷練及旅行經歷，例如一九二二年的環球之旅、居住過也旅行過的巴黎和埃及，甚至是追隨考古學家丈夫前往的中東，都讓她的小說讀來更加充滿異國情調。如果你也愛旅行，不如就讓我們一同搭上那一班南法的藍色列車，或由伊斯坦堡出發的東方快車，跟著白羅鑽進一樁奇案，一嘗旅程中破解謎題的快感吧。

盧郁佳（作家）

國小時，家裡買了一套阿嘉莎·克莉絲蒂全集，從此成了我的毒品，在白癡課本將我的腦袋啃嚙成海綿般空洞時，撫慰受創的心靈，那時我仍對人心險惡一無所知。

數學課教你列算式，樂趣遠不如克莉絲蒂教你住宅平面圖、偷換時序的密室魔術，你從庭園長窗進房間，我從房門直通鄰房，他從走廊進房……從而學會故事是建構邏輯。她文風多變，時而《四大天王》中讓神探白羅向助手海斯汀大賣關子，眉頭緊皺，山雨欲來，預示天翻地覆，只能靠他拯救世界；時而用維吉尼亞·吳爾芙《自己的房間》中俏皮的語言，讓貧苦村姑安妮在《褐衣男子》中回憶南非出生入死的冒險，竟源於她耽讀村裡圖書館爛舊的冒險愛情小說，還有戲院每週末放映〈帕米拉歷險記〉，帕米拉每集從飛機跳落高空、搭潛艇、爬上摩天大樓，每次被黑幫老大抓到總不一刀斃命，卻老要用瓦斯毒死她，暗示續集又會逃出生天。

長大才發現，克莉絲蒂小說就是我的〈帕米拉歷險記〉：它以歌劇般輝煌龐大的天真陰謀、精細的人際觀察（一句話重音放在哪個字、從膝蓋鑑定女人的年齡等），召喚年輕讀者抱持浪漫精神投入未知的壯遊，瘋魔、衝撞、冒犯，傷痕累累毫無懼色。正如瓦斯在冒險片中太多、現實中卻太少；陰謀在現實中沒有克莉絲蒂寫得那麼複雜，但她刻畫的心理卻是現實中解謎的試金石。

賴以威（臺灣師範大學電機系副教授）

或許可以為經典下幾個定義：該領域的愛好者更都讀過；不是這個領域的愛好者，許多人也都聽過；影響後續的作品，在很多著作中都可以看到它的影子；值得反覆再三閱讀，每隔一陣子再讀都可以獲得閱讀的樂趣，有更多的體悟。我永遠記得第一次讀克莉絲蒂的作品時，被那宛如嚴謹設計數學謎題的鋪陳、推進給深深吸引、震撼。從這幾個角度來說，克莉絲蒂的推理小說被稱之為「經典」，可說是當之無愧。

謝哲青（作家、旅行家、知名節目主持人）

克莉絲蒂小說的魅力在於透過每個角色的對白，藉由不斷的說話來表現人物的個性，以彰顯其人格特質中一些無法被忽略的事實。我們從他們的言語、講話的過程和字裡行間，竟然就能知道誰是凶手。

我從克莉絲蒂的小說學到很多，除了推理小說有趣的事實之外，最重要的是，我在工作的職場跟人應對的時候，如何從語言和對話裡去捕捉某些隱而不顯的事實。許多人們欲蓋彌彰的東西，無論心事也好、祕密也好，克莉絲蒂都會用文學的手法，讓你理解語言的奧妙和魅力。

克莉絲蒂的書寫會讓你覺得彷彿自己也在現場，你可以從聽到的對話當中，學會如何理解人心的一些小技巧，這是小說家最出色、最偉大的地方。我們必須學習傾聽別人說話——這些人講話是真誠的嗎？他想要跟你分享什麼資訊？這些資訊可靠嗎？——這是我在閱讀推理小說時，最大的收穫和理解。

阿嘉莎·克莉絲蒂大事記

1890		• 九月十五日出生於英格蘭德文郡托基鎮。
1894	4 歲	• 開始在家自學，父母親、姊姊教導閱讀、寫作、算術和彈鋼琴。
1895	5 歲	• 家中經濟走下坡，舉家搬至法國，學會流利的法語。
1905	15 歲	• 在巴黎寄宿學校學鋼琴和聲樂，但生性極度害羞，未成為職業鋼琴家，最終回到英國。
1907	17 歲	• 陪同母親前往埃及調養身體，對社交活動充滿興趣，但尚未對日後感興趣的埃及古物點燃熱情。 • 回英國後繼續寫作、參與業餘戲劇表演。
1908	18 歲	• 寫出第一篇短篇小說〈麗人之屋〉，同時也寫出第一部愛情小說《白雪黃漠》，以筆名向出版社投稿，但屢遭退稿。
1912	22 歲	• 與英國皇家軍官亞契·克莉絲蒂（Archibald Christie）熱戀。 • 八月爆發第一次世界大戰，亞契奉派到法國作戰。
1914	24 歲	• 耶誕夜結婚，亞契隨即返回戰場。克莉絲蒂參與紅十字會工作，在醫院擔任護士和藥劑師，因此對藥理和毒物非常熟悉，造就後來多部推理小說情節都以毒藥殺人。
1916	26 歲	• 開始嘗試寫推理小說，寫出第一部小說《史岱爾莊謀殺案》，主角偵探赫丘勒·白羅的靈感，來自於大戰期間英國鄉間的比利時難民營。本書歷經數家出版社退稿後，終獲柏德雷·海德（The Bodley Head）圖書公司的出版機會，之後並簽下另五本小說的合約。
1919	29 歲	• 前一年亞契返回英國，八月生下女兒露莎琳。

1920	30歲	•出版《史岱爾莊謀殺案》。
1922	32歲	•出版第二部小說《隱身魔鬼》，主角是夫妻檔偵探湯米和陶品絲。 •與亞契至南非、澳洲、紐西蘭、夏威夷和加拿大等國旅行十個月，在南非得到《褐衣男子》的靈感。
1923	33歲	•三月出版第三部小說《高爾夫球場命案》，白羅再度登場。
1926	36歲	•四月母親過世，克莉絲蒂陷入憂鬱。 •六月在「威廉．柯林斯父子出版社」出版《羅傑艾克洛命案》。 •八月亞契因外遇提出離婚，十二月初一次爭吵後，克莉絲蒂離家棄車失蹤，消息登上全國新聞。
1927	37歲	•一月在悲痛心情中寫出《藍色列車之謎》，第一次創造出聖．瑪莉米德村，即後來瑪波小姐居住的村子。 •分居期間在雜誌刊登以白羅為主角的短篇小說，後來集結出版《四大天王》。 •十二月在雜誌刊登短篇小說〈週二夜間俱樂部〉，瑪波小姐初登場，後來收錄在一九三二年出版的短篇小說集《十三個難題》。
1928	38歲	•十月正式離婚，仍保留「克莉絲蒂」姓氏。 •秋天搭乘「東方快車」前往土耳其的伊斯坦堡，再轉往伊拉克首都巴格達，參觀考古現場烏爾，認識考古學家伍利夫婦（Leonard and Katharine Woolley）。
1930	40歲	•二月應伍利夫婦之邀再訪烏爾，認識考古學家麥克斯．馬龍（Max Mallowan），九月於英國愛丁堡結婚。這段婚姻開啟克莉絲蒂旺盛的創作生涯，兩人到中東考古現場的旅行為許多作品帶來靈感。

		• 婚後克莉絲蒂開始維持固定的寫作行程。十月出版《牧師公館謀殺案》，是第一部以瑪波小姐為主角的小說。 • 出版第一部以「瑪麗．魏斯麥珂特」（Mary Westmacott）為筆名的《撒旦的情歌》，並陸續發表了五部非犯罪小說。
1932	42 歲	• 出版《危機四伏》。
1934	44 歲	• 出版《東方快車謀殺案》，是白羅海外辦案三部曲之一，故事靈感來自中東的旅行經歷。一九七四年第一次改編成電影大獲好評。
1936	46 歲	• 出版《美索不達米亞驚魂》，白羅海外辦案三部曲之二。
1937	47 歲	• 出版《尼羅河謀殺案》，白羅海外辦案三部曲之三，故事背景是年輕時與母親同遊的埃及。一九七八年第一次改編成電影大受歡迎。
1939	49 歲	• 二次大戰期間，克莉絲蒂在大學學院醫院擔任義務藥師，學習到最新的毒藥知識，對於推理小說寫作大有助益。 • 出版《一個都不留》，是克莉絲蒂最著名作品之一。
1941	51 歲	• 出版《密碼》，呈現出克莉絲蒂對戰爭的看法。 • 出版《豔陽下的謀殺案》。
1942	52 歲	• 出版《藏書室的陌生人》、《五隻小豬之歌》等名作。
1944	54 歲	• 以「瑪麗．魏斯麥珂特」為筆名出版第三部作品《幸福假面》，被美國書評人發現是克莉絲蒂的作品，讓她從此失去匿名創作的自在樂趣。

1950	60 歲	• 獲選為皇家文學學會的會員。
1953	63 歲	• 出版《葬禮變奏曲》。
1956	66 歲	• 一月獲頒大英帝國爵級大十字勳章（GBE）。 • 十一月以「瑪麗．魏斯麥珂特」為筆名出版《愛的重量》，是這個筆名的最後一部作品。
1958	68 歲	• 成為「偵探作家俱樂部」主席。
1960	70 歲	• 馬龍獲頒大英帝國爵級大十字勳章。
1961	71 歲	• 獲得艾克塞特大學頒發榮譽文學博士學位。
1968	78 歲	• 馬龍獲封為爵士，克莉絲蒂亦被稱為馬龍爵士夫人。
1971	81 歲	• 獲頒大英帝國爵級司令勳章（DBE），獲封為女爵士。
1973	83 歲	• 出版最後一部創作《死亡暗道》，亦為湯米和陶品絲最後一次辦案。
1974	84 歲	• 最後一次公開露面，出席電影《東方快車謀殺案》首映會。
1975	85 歲	• 八月六日，白羅成為有史以來第一次在《紐約時報》頭版刊出訃聞的小說主角，宣傳九月即將出版的《謝幕》，這也是白羅最後一次辦案。
1976	86 歲	• 一月十二日去世。 • 十月出版《死亡不長眠》，瑪波小姐的最後一次辦案。

克莉絲蒂推理原著出版年表

1920　史岱爾莊謀殺案 The Mysterious Affair at Styles（神探白羅系列）
1922　隱身魔鬼 The Secret Adversary（神探湯米＆陶品絲系列）
1923　高爾夫球場命案 The Murder on the Links（神探白羅系列）
1924　白羅出擊 Poirot Investigates（神探白羅系列）
1924　褐衣男子 The Man in the Brown Suit（神探雷斯上校系列）
1925　煙囪的祕密 The Secret of Chimneys（神探巴鬥主任系列）
1926　羅傑艾克洛命案 The Murder of Roger Ackroyd（神探白羅系列）
1927　四大天王 The Big Four（神探白羅系列）
1928　藍色列車之謎 The Mystery of the Blue Train（神探白羅系列）
1929　七鐘面 The Seven Dials Mystery（神探巴鬥主任系列）
1929　鴛鴦神探 Partners in Crime（神探湯米＆陶品絲系列）
1930　牧師公館謀殺案 The Murder at the Vicarage（神探瑪波系列）
1930　謎樣的鬼豔先生 The Mysterious Mr. Quin（神探鬼豔先生系列）
1931　西塔佛祕案 The Sittaford Mystery
1932　十三個難題 The Thirteen Problems（神探瑪波系列）
1932　危機四伏 Peril at End House（神探白羅系列）
1933　十三人的晚宴 Thirteen at Dinner（神探白羅系列）
1933　死亡之犬 The Hound of Death
1934　三幕悲劇 Three Act Tragedy（神探白羅系列）
1934　李斯特岱奇案 The Listerdale Mystery
1934　帕克潘調查簿 Parker Pyne Investigates（神探帕克潘系列）
1934　東方快車謀殺案 Murder on the Orient Express（神探白羅系列）
1934　為什麼不找伊文斯？ Why Didn't They Ask Evans?
1935　謀殺在雲端 Death in the Clouds（神探白羅系列）
1936　ABC 謀殺案 The A.B.C. Murders（神探白羅系列）
1936　底牌 Cards on the Table（神探白羅系列）
1936　美索不達米亞驚魂 Murder in Mesopotamia（神探白羅系列）

1937　巴石立花園街謀殺案 Murder in the Mews（神探白羅系列）
1937　尼羅河謀殺案 Death on the Nile（神探白羅系列）
1937　死無對證 Dumb Witness（神探白羅系列）
1938　白羅的聖誕假期 Hercule Poirot's Christmas（神探白羅系列）
1938　死亡約會 Appointment with Death（神探白羅系列）
1939　一個都不留 And Then There Were None
1939　殺人不難 Murder Is Easy/Easy to Kill（神探巴鬥主任系列）
1940　一，二，縫好鞋釦 One, Two, Buckle My Shoe（神探白羅系列）
1940　絲柏的哀歌 Sad Cypress（神探白羅系列）
1941　密碼 N Or M?（神探湯米＆陶品絲系列）
1941　豔陽下的謀殺案 Evil Under the Sun（神探白羅系列）
1942　五隻小豬之歌 Five Little Pigs（神探白羅系列）
1942　藏書室的陌生人 The Body in the Library（神探瑪波系列）
1943　幕後黑手 The Moving Finger（神探瑪波系列）
1944　本末倒置 Towards Zero（神探巴鬥主任系列）
1945　死亡終有時 Death Comes As the End
1945　魂縈舊恨 Remembered Death（神探雷斯上校系列）
1946　池邊的幻影 The Hollow（神探白羅系列）
1947　赫丘勒的十二道任務 The Labours of Hercules（神探白羅系列）
1948　順水推舟 Taken at the Flood（神探白羅系列）
1949　畸屋 Crooked House
1950　謀殺啟事 A Murder Is Announced（神探瑪波系列）
1951　巴格達風雲 They Came to Baghdad
1952　殺手魔術 They Do It with Mirrors（神探瑪波系列）
1952　麥金堤太太之死 Mrs. McGinty's Dead（神探白羅系列）
1953　黑麥滿口袋 A Pocket Full of Rye（神探瑪波系列）
1953　葬禮變奏曲 After the Funeral（神探白羅系列）

1954 未知的旅途 Destination Unknown

1955 國際學舍謀殺案 Hickory, Dickory, Dock（神探白羅系列）

1956 弄假成真 Dead Man's Folly（神探白羅系列）

1957 殺人一瞬間 4:50 from Paddington（神探瑪波系列）

1958 無辜者的試煉 Ordeal by Innocence

1959 鴿群裡的貓 Cat Among the Pigeons（神探白羅系列）

1960 哪個聖誕布丁？ The Adventure of the Christmas Pudding（神探白羅系列）

1961 白馬酒館 The Pale Horse

1962 破鏡謀殺案 The Mirror Crack'd from Side to Side（神探瑪波系列）

1963 怪鐘 The Clocks（神探白羅系列）

1964 加勒比海疑雲 A Caribbean Mystery（神探瑪波系列）

1965 柏翠門旅館 At Bertram's Hotel（神探瑪波系列）

1966 第三個單身女郎 Third Girl（神探白羅系列）

1967 無盡的夜 Endless Night

1968 顫刺的預兆 By the Pricking of My Thumbs（神探湯米＆陶品絲系列）

1969 萬聖節派對 Hallowe'en Party（神探白羅系列）

1970 法蘭克福機場怪客 Passengers to Frankfurt

1971 復仇女神 Nemesis（神探瑪波系列）

1972 問大象去吧！ Elephants Can Remember（神探白羅系列）

1973 死亡暗道 Postern of Fate（神探湯米＆陶品絲系列）

1974 白羅的初期探案 Poirot's Early Cases（神探白羅系列）

1975 謝幕 Curtain: Hercule Poirot's Last Case（神探白羅系列）

1976 死亡不長眠 Sleeping Murder（神探瑪波系列）

1979 瑪波小姐的完結篇 Miss Marple's Final Cases（神探瑪波系列）

1991 情牽波倫沙 Problem at Pollensa Bay

1997 殘光夜影 While the Light Lasts

國家圖書館出版品預行編目（CIP）資料

高爾夫球場命案 / 阿嘉莎・克莉絲蒂（Agatha Christie）著；貝紋譯. -- 二版. -- 臺北市：遠流出版事業股份有限公司, 2022.06
面；　公分.
譯自：Murder on the Links
ISBN 978-957-32-9540-2(平裝)

873.57　　111005120

克莉絲蒂繁體中文版 20 週年紀念珍藏 08
高爾夫球場命案

作者 / 阿嘉莎・克莉絲蒂
譯者 / 貝紋

主編 / 陳懿文、余式恕　校對 / 呂佳真
封面、內頁設計 / 謝佳穎　排版 / 連紫吟、曹任華
行銷企劃 / 舒意雯　出版一部總編輯暨總監 / 王明雪

發行人 / 王榮文
出版發行 / 遠流出版事業股份有限公司
地址 / 104005臺北市中山北路一段11號13樓
電話 / (02)2571-0297　傳真 / (02)2571-0197　郵撥 / 0189456-1
著作權顧問 / 蕭雄淋律師

2002年4月1日 初版一刷
2022年6月1日 二版一刷
定價 / 新臺幣380元 (缺頁或破損的書，請寄回更換)

ISBN 978-957-32-9540-2

YLib 遠流博識網 http://www.ylib.com E-mail: ylib@ylib.com
遠流粉絲團 https://www.facebook.com/ylibfans